Es ist heiß. Glühend heiß. In der flirrenden Tankstellenluft wartet Alex Böhm auf einen gelben Kombi, der gleich an den Zapfsäulen halten und ihn nach München bringen soll. Von dort wird er am nächsten Morgen mit seiner Freundin Johanna nach Portugal fliegen. Das ist der Plan. Aber dann taucht Konrad auf, der »Loserkonrad« aus Schulzeiten, und diese Begegnung katapultiert Böhm auf das Minenfeld seiner Vergangenheit.

Während er in atemlosen Monologen einen Zünder nach dem anderen schärft, findet er sich plötzlich am Rand der Autobahn wieder, auf sonnenverbrannten Rastplätzen und in den Kellergewölben bayerischer Provinz-Erotheken. Er begegnet bekehrten Lastwagenfahrern mit langen Messern, schwärmenden Hippiemädchen, Dostojewski-Jüngern und Jana-Hensel-traumatisierten Taxifahrern.

Thomas Klupp wurde 1977 in Erlangen geboren. Er war Mitherausgeber der Literaturzeitschrift BELLA triste und arbeitet am Literaturinstitut der Universität Hildesheim. *Paradiso* ist sein erster Roman, der zuletzt mit dem Nicolas-Born-Förderpreis ausgezeichnet wurde. Thomas Klupps Leidenschaft gilt neben Berlin und Hildesheim im Besonderen auch der Schweiz.

Thomas Klupp
Paradiso

Roman

Berliner Taschenbuch Verlag

FSC
Mix
Produktgruppe aus vorbildlich
bewirtschafteten Wäldern und
anderen kontrollierten Herkünften

Zert.-Nr. GFA-COC-001223
www.fsc.org
© 1996 Forest Stewardship Council

September 2009
BvT Berliner Taschenbuch Verlags GmbH, Berlin
© 2009 Berlin Verlag GmbH, Berlin
Umschlaggestaltung: Rothfos & Gabler, Hamburg,
unter Verwendung der Bauhaus 93
Druck und Bindung: CPI – Clausen & Bosse, Leck
Printed in Germany
ISBN 978-3-8333-0656-3

www.berlinverlage.de

Don't put your faith,
don't put your faith in me.
No FX

1

Es ist noch früh am Nachmittag und glühend heiß, und ich stehe hier an einer Raststätte gleich bei Potsdam und warte darauf, bald wegzukommen. Obwohl ich im Schatten des Tankstellendachs stehe und nur eine kurze Hose und ein ärmelloses T-Shirt trage, schwitze ich, als hätte ich Gewichte gestemmt. Das Shirt klebt mir im Nacken, und weil es neu ist und ich vergessen habe, es zu waschen, juckt es am Saum ganz schlimm. Ich bekomme sicher einen Ausschlag davon, weil ich eine sehr empfindliche Haut habe, die so etwas nicht verzeiht. Über mir schnarrt ein Gebläse, das den Benzingeruch mit warmer Toilettenluft mischt, und während ich den Gestank einatme, schaue ich immer wieder zu den Zapfsäulen. Ein paar Leute tanken dort ihre Autos voll, und ich bin mir sicher, dass mich jeder einzelne von ihnen für einen Tramper hält. Wie ich neben meinem Rucksack an der Wand des Tankstellenshops lehne und dauernd so verstohlen hinüberblinzle, muss das auch so wirken: als würde ich gerade eine Pause machen und im nächsten Moment schon wieder mein bemaltes Pappschild rausstrecken, an alle möglichen Scheiben klopfen und betteln, dass ich einsteigen darf. Würde ich mich nicht so matt fühlen, ich glaube, ich würde den Leuten reihum erzählen, dass ich hier auf meine Mitfahrgelegenheit warte und übrigens selbst ein Auto habe, das momentan bloß in der Werkstatt ist. Das wäre nicht einmal gelogen, meine Eltern haben mir vor kurzem eins geschenkt, so ein kleines rotes mit Schiebedach, und vor ein paar Tagen hat es meine Freundin dann zu Schrott gefahren. Ihr selbst ist nichts passiert, nicht einmal eine Schramme hat sie abgekriegt, nur das Auto war hinüber. Sie ist gegen einen Baum gefahren oder vielleicht war es ein Laternenmast. Ich bin mir nicht ganz sicher, ich habe nicht weiter nachgefragt. Johanna hat andauernd geweint und sich dabei hysterisch entschuldigt, und ich wollte nicht den Anschein erwecken, als ginge es mir ums Blech. Ehrlich gesagt war es mir tatsächlich egal, dass das Auto kaputt war und jetzt Reparaturkosten anfallen und die Versicherungsgebühren höher werden und so weiter. Mein Vater kümmert sich um solche Sachen, er kennt da alle Tricks.

Damit hier auch wirklich keiner auf falsche Gedanken kommt, lehne ich mich extra unbeteiligt gegen die Wand und schaue konsequent nur auf meine Schuhspitzen hinunter und auf die eingetretenen Kaugummis im Asphalt. Nur ab und zu schaue ich hoch, und zwar wenn Frauen und Mädchen in kurzen Kleidern und Röcken vorbeilaufen, was recht häufig passiert, ich stehe nämlich gleich neben dem Toiletteneingang. Ich kann die Aussicht aber gar nicht genießen, weil das Jucken immer penetranter wird und ich mich mit aller Kraft konzentrieren muss, nicht zu kratzen; sonst rubbeln die Fingerspitzen die gefärbten Baumwollfasern noch tiefer in die Haut, und dort fangen sie erst richtig zu brennen an. Das ist dann wirklich unerträglich, so als würde man barfuß in einen Ameisenhaufen steigen oder mit kurzen Hosen durch Brennnesselstauden waten. Mein Opa hat das manchmal gemacht, gegen sein Rheuma, aber der war ja auch ein Bauer und hatte keine Allergien, der war immer an der frischen Luft. Und während ich noch meinen Opa vor mir sehe, wie er mitten im Wald in einem Ameisenhaufen steht und mich dauernd überreden will, mit hineinzusteigen, fällt mir ein, dass meine Mitfahrgelegenheit ein Förster ist. Ein Starnberger Förster mit einem gelben Passat, das hat er zumindest gesagt. Wir waren um Punkt eins verabredet, und wenn ich mich nicht täusche, ist es schon mindestens zwanzig nach.

Ich warte noch zehn Autos ab, dann gehe ich auf einen silbernen Sportwagen zu, so ein Audi TT-Modell mit diesen kompakten Tankdeckeln an der Seite, der weiter vorne bei den Mülltonnen parkt. Auf dem Beifahrersitz kramt eine ziemlich hübsche Blondine in ihrer Handtasche herum, und ich lächle ihr freundlich entgegen und frage sie, wie spät es ist. Das heißt, ich will sie das fragen, komme aber überhaupt nicht dazu, weil sie direkt vor meiner Nase den automatischen Fensterheber betätigt. Mit einem leisen Surren fährt die Scheibe hoch, und darin spiegelt sich zuerst mein Körper und dann mein Gesicht. Die Blondine schaut jetzt in die andere Richtung, so als hätte sie mich gar nicht bemerkt und als wäre die Sache mit der Scheibe reiner Zufall. Zuerst bin ich noch von meinem Gesicht irritiert, ob das wirklich so unangenehm breit aussieht wie in der Spiegelung, aber dann werde ich wütend. Ich kenne das schon von mir, so eine jähe, abgrundtiefe Wut, die mich zu allem fähig macht, und ich denke mir, wie traurig es ist, dass die Natur so absolut widerliche Menschen hervorbringt, die leider auch noch schön sind und reich. Die guten Menschen, denke ich, sollten schön sein und Glück haben mit allem und die schlechten hässlich und bald sterben. Was ja leider nicht der Fall ist, aber ich wünsche es mir trotzdem, und vor allem wünsche ich mir, das dieser Frau zu sagen. Stattdessen drehe ich mich um und murmle das Wort Schlampe in mich hinein. Genau gesagt murmle ich das Wort erst in mich hinein, nachdem ich mich umgedreht habe, so dass die Frau es auch bestimmt nicht hört.

Ich stelle mich wieder in den Gestank hinein und fluche leise vor mich hin, dann schnüre ich den Rucksack auf und wühle nach meinem Telefon. Ich ertaste es ganz unten zwischen den Hemden und Socken, und als ich es herausziehe und die Zeit ablese, rutscht es mir fast aus der Hand. Weiter links, um genau 13:14 Uhr, geht die Tür des Tankstellenshops auf, und ein komplett kahl rasierter Typ kommt heraus. Er dreht den Kopf in meine Richtung und schnalzt dabei laut mit der Zunge, und dann läuft er geradewegs auf mich zu. Er ist nicht besonders groß, aber ziemlich muskulös und starrt mich durch die verspiegelten Gläser seiner Pilotenbrille an. Die oberen zwei Hemdknöpfe sind geöffnet, so dass man seine gebräunte Brust sehen kann, und ich denke, dass ich sicher gleich Ärger und vielleicht sogar ein paar aufs Maul bekomme – wieso ich das denke, weiß ich nicht, ich habe ja nichts getan –, jedenfalls ducke ich mich schon ein bisschen, da schiebt der Typ seine Brille hoch und sagt: Mensch, Böhm, ist ja derb, dass du immer noch trampst! Vor Schreck schüttle ich den Kopf, aber dann drücke ich mein Rückgrat durch und sage: Konrad, na aber hallo. Und tatsächlich: Vor mir steht Konrad, der Computerkonrad aus der Schule, zwei oder drei Klassen über mir.

Konrad boxt mir gegen die Schulter und grinst mich an. Er grinst wie besessen, so wie der Familienvater auf dem Antiraserplakat auf der anderen Seite der Autobahn, und das Unheimliche ist: Seine Zähne sind mindestens so weiß und gerade wie die von dem toten Mann. Ich schaue ehrlich zweimal hin, Konrads Zähne sind mir nämlich unbekannt. Früher hat er immer diese Spange getragen, sogar zum Abi hatte er die noch im Mund, aber die Briketts und Gummis sind alle verschwunden, und jetzt steht er vor mir mit seinem Gletschergrinsen und sagt, dass er nach Süden fährt und mich mitnehmen kann. Ich sage erst einmal gar nichts, sondern schaue an ihm vorbei zur Tankstelle rüber. An den Zapfsäulen stehen ein paar BMWs und Toyotas und ein rotzgrüner Opel, aber kein einziger gelber Passat. Astrein, sage ich und will mich bedanken, aber er wartet das gar nicht ab. Er greift sich meinen Rucksack vom Boden und läuft damit los. Er läuft an den Mülltonnen vorbei auf den silbernen Audi zu, wirklich schnurstracks in Richtung der blonden Frau. Ich bin mir sicher, dass das ein Irrtum ist, weil er die unmöglich kennen kann. Das tut er aber doch. Er bleibt tatsächlich neben der Beifahrertür stehen, klopft gegen die Scheibe und gibt ihr ein Zeichen, dass sie aussteigen soll. Ich stehe zwei Schritte hinter ihm und spanne wie besessen meine Bauchmuskeln an, aber als die Frau die Tür öffnet und aus dem Wagen steigt, ist die Situation überhaupt nicht unangenehm. Sie lächelt mich an, ich lächle zurück, und dann sagt sie: Hi, ich bin die Verena. Alex, sage ich und gebe ihr die Hand. Wir drücken beide kräftig zu, wie zwei Politiker, die Gott und der Welt beweisen wollen, dass zwischen ihnen alles in bester Ordnung ist, und dafür möchte ich ihr beinahe die Füße küssen. In ihrem weißen Kleid sieht sie wirklich fantastisch aus, und auf Konflikte habe ich ja prinzipiell keine Lust.

Konrad hat in der Zwischenzeit meinen Rucksack auf die Rückbank geworfen, und als ich mich ebenfalls nach hinten quetschen will, hält er mich an der Schulter fest. Er sagt, ich soll mich doch nach vorne setzen, weil wir uns sonst nicht unterhalten können. Ganz selbstverständlich sagt er das, und Verena klettert sofort in den Fond. Auf den zweiten Blick sieht sie fast noch besser aus als vorhin, und nachdem ich beim Einsteigen auf ihren Hintern geschaut habe, fange ich an, im Rückspiegel nach ihren Brüsten zu schielen. Sonst habe ich das bestens unter Kontrolle, aber ihr Ausschnitt reicht fast bis zum Nabel hinunter, und genau mittig, wo die Nähte sich treffen, ist ein rosa Schmetterling aufgestickt. Die Flügel sind an den Rändern mit Pailletten besetzt und funkeln wie wild in der Sonne, und das gibt mir wirklich den Rest. Dann rutscht sie aber zum Glück beiseite und gibt den Blick durch die Heckscheibe frei. Über den Spoiler hinweg kann ich jetzt die Tankstelle sehen, die Zapfsäulen und das rote *Total*-Schild und alles, und weiter hinten, bei der Raststätteneinfahrt, fährt gerade ein gelber Kombi heran. Ich glaube, dass es ein Passat ist, aber es kann auch sein, dass ich mich täusche, und weil ich ohnehin froh bin, nicht mit diesem Förster mitfahren zu müssen, sage ich keinen einzigen Ton.

Konrad dreht jetzt den Zündschlüssel um, der Wagen fängt dumpf zu vibrieren an, und dann tritt er aufs Gas. Er tritt das Pedal sehr brutal hinunter, der Motor heult auf, und der Drehzahlmesser schnellt tief in den roten Bereich. Schon auf dem Parkplatz beschleunigt er wie ein Verrückter, und als er den Wagen dann auf die Autobahn steuert, muss ich noch mal an den Raser denken und dass bei der Hitze womöglich ein Reifen platzt. Keine Ahnung, weshalb ich so morbide Dinge denke, jedenfalls hätten wir keine Chance. Wir sind nämlich nicht angeschnallt. Ich weiß nicht, ob Konrad es nur vergessen hat oder ob er es grundsätzlich lässt, und weil ich vor ihm nicht als Spießer dastehen will, habe ich es ebenfalls nicht getan. Mit meinem Shirt und den kurzen Hosen sehe ich ohnehin schon aus wie ein verblödeter Sportler, und er wirkt so souverän wie Tom Cruise in *Top Gun*. Er hat seine Pilotenbrille wieder vor die Augen geschoben, die Hemds-ärmel lässig hochgerollt und hält das Steuer nur mit einer Hand. Mit der anderen zündet er zwei Zigaretten an, und während die Tachonadel über die 200 gleitet, reicht er mir eine rüber und fängt zu reden an. Er sagt noch ein paarmal, wie endlos derb er alles findet, unsere Begegnung und vor allem mich und so weiter, aber dass ihn das überhaupt nicht überrascht. Die Guten, sagt er, trifft man nämlich immer wieder, diese Erfahrung hat er schon oft gemacht. Er klopft mindestens fünf Minuten lang seine Verbrüderungssprüche, und ich nicke so leicht und schaue dabei zum Fenster hin-aus. Die Landschaft schießt wie im Zeitraffer vorüber, Fel-der und Wälder und frisch gemähte Wiesen, und durch das Schiebedach bläst angenehm kühl der Fahrtwind herein. Das mildert den Juckreiz am Saum beträchtlich, und ich bin ge-rade dabei, zu entspannen, aber dann fängt Konrad mit sei-ner Firma an. Ich habe ihn wirklich nicht gefragt und will das überhaupt nicht wissen, aber er erzählt es mir trotzdem. Er erzählt mir von irgendwelchen Navigationssystemen, die er für VW und Audi und demnächst sogar für BMW programmiert, er nennt mir die Rendite für Softwarepatente und rattert die Namen von zehntausend Satelliten herunter, und am Schluss erklärt er mir GPS. Ich sitze neben ihm wie versteinert und schlucke den Dreck. Ein paarmal sage ich sogar: Alter Schwede, du bist ja richtig dick im Geschäft. Er nickt daraufhin so ultrabescheiden und sagt, dass ihm der ganze Schotter aber überhaupt nicht wichtig ist. Der belastet ihn sogar, sagt er, weil er gar nicht mehr weiß, wohin damit. Deswegen hilft er auch allen möglichen Leuten, mir zum Beispiel, aber auch den Bettlern auf der Straße, denen er aus Mitleid manchmal sogar Scheine gibt.

Als er das mit den Bettlern sagt, wird mir heiß im Gesicht. Ich fange an, ihn so richtig zu hassen, aber das noch viel Schlimmere ist: Obwohl ich den Zweck seiner Rede komplett durchschaue, habe ich gewaltig Respekt. Früher war der Konrad ja ein unendlicher Loser, und keiner hätte auch nur zehn Pfennig auf ihn gesetzt. Während wir alle wie die Irren gefeiert haben, hat er seine halbe Jugend vor dem Bildschirm verbracht. Nicht nur vor dem eigenen, aus lauter Verzweiflung hat er auch den Mädchen die Rechner klargemacht. Er ist damals über die Dörfer getourt, hat sich in den Arbeitszimmern der Väter vergraben, Modems und Soundkarten und sonst was installiert, und hinterher bekam er von den Müttern noch eine Tasse Kaffee spendiert. Abends wollte ihn dann trotzdem keiner kennen, am allerwenigsten die Mädchen, denen er am Nachmittag noch geholfen hat. Die haben ihn von vorne bis hinten beschissen, aber ihm hat das überhaupt nichts ausgemacht. Er hat das einfach weggebissen, und jetzt sitzt er da mit seiner Firma und seinen schneeweißen Zähnen, und das macht wirklich Eindruck auf mich.

Ich weiß nicht, wie sehr es mich beeindrucken würde, würde die Verena nicht hinten sitzen, aber sie sitzt ja eben da. Das lässt sich ja nicht leugnen, ich spüre sie sogar. Schon seit einer Weile ihre Knie, die sie mir durch den Sitz so spitz in den Rücken drückt, aber jetzt auch ihre Hand. Sie berührt mich an der Schulter und bittet mich, kurz ihr Tuch zu halten, das genau die Farbe des Schmetterlings hat. Während ich an dem glänzenden Stoff herumreibe, steckt sie mit ein paar Spangen ihr Haar zusammen. Sie benutzt beide Hände dazu, so dass ich aus den Augenwinkeln ihre glatt rasierten Achseln sehen kann. Dann nimmt sie mir das Tuch wieder ab und bindet es um ihren Kopf. Sie bindet es so, dass zwei blonde Strähnen seitlich an ihren Wangen hinunterfallen, und jetzt sieht sie wirklich aus wie ein Model aus irgendeiner Modezeitschrift. Beziehungsweise fast. Ich bemerke nämlich, dass dieses Tuch gerade so ein Tuch ist, wie muslimische Frauen es tragen, um sich zu verschleiern, nur wird es hier sexuell eingesetzt. Welcher Designer sich das auch immer ausgedacht hat, ich wünsche ihm die Pest an den Hals, weil ich, glaube ich, noch nie so ein Verlangen nach jemandem hatte, und dieses Tuch genau den Zweck hat, dieses Verlangen noch zu verstärken.

Ein paar Kilometer später bekomme ich aber bessere Laune, und da ist der Konrad selbst dran schuld. Er fragt mich nämlich, was ich so mache, und ich sage, dass ich Drehbuchschreiben an der Potsdamer Filmhochschule studiere. Im Rückspiegel sehe ich Verena, die ihre Ellenbogen auf die Vordersitze gestützt hat, damit sie von unserer Unterhaltung auch was mitbekommt. Dann treffen sich unsere Blicke, und ohne dass ich es vorher beabsichtigt hätte, fange ich zu schwindeln an. Ich sage, dass ich vor ein paar Wochen mein erstes Drehbuch verkauft habe und es im Herbst verfilmt wird, wahrscheinlich mit Daniel Brühl und Alexandra Maria Lara, und dass es auch für einen Preis vorgeschlagen ist und das Drehbudget sich auf circa drei Millionen Euro beläuft. Das ist natürlich kompletter Unsinn, weil ich noch gar kein Drehbuch geschrieben habe und noch nicht einmal eine Idee für eines habe, vor allem aber auch, weil Konrad ja auf jeden Fall herausbekommen kann, ob das stimmt. Spätestens im nächsten Sommer, wenn der Film dann nicht in die Kinos kommt. Der nächste Sommer ist aber noch weit, außerdem habe ich jetzt schon angefangen, und deshalb erzähle ich eine wilde Geschichte, wovon der Film, *Im Fadenkreuz der Angst* nenne ich ihn, handelt und worüber jeder Drehbuch-autor den Kopf schütteln würde. Konrad und Verena finden es aber derb und spannend und sagen, dass sie unbedingt zur Premiere kommen wollen. Ich verspreche, ihnen zwei Plätze zu reservieren, Loge, sage ich, und Verena holt eine Visiten-karte aus ihrer weißen Handtasche heraus. *Verena Schneider, Wilden Consult* steht da drauf, und ich frage mich, ob sie das tut, weil sie den Konrad demnächst abservieren will oder ob das einfach Routine ist. Dann zückt sie einen Kugelschreiber und schreibt am Rand ihre Privatnummer dazu. Sie drückt mir die Karte in die Hand und sagt, dass ich anrufen soll, da-mit wir was abmachen können, auf einen Cappuccino viel-leicht. Ich nicke ihr zu wie eine pickende Taube, obwohl ich mit so einer Geschäftsfrau ja niemals auch nur das Aller-geringste zu tun haben kann. Ich finde sie absolut attraktiv und begehrenswert und alles, aber auf einem Abstraktions-niveau, das jede Skala sprengt, und sie registriert das zu null Prozent. Sie glaubt offenbar wirklich, dass wir miteinander

sprechen können, aber das können wir nicht, auf gar keinen
Fall. Ich lasse mir natürlich nichts anmerken, sondern stecke
die Karte in meinen Geldbeutel, als würde ich das immer so
machen. Und vielleicht, denke ich, rufe ich ja doch mal an.

Konrad geht auf die Visitenkarte nicht weiter ein, sondern
lenkt jetzt eilig vom Thema ab. Er fragt mich, ob ich wohl
auf dem Weg nach Weiden bin. Daher kommen wir beide
ursprünglich, aus Weiden in der Oberpfalz, und als er das
fragt, lache ich laut und sage: Nein. Ich erzähle ihm, dass ich
nach München will, weil meine Münchner Freundin da auf
mich wartet und wir morgen gemeinsam nach Portugal fliegen. Weiden, sage ich, ist ein abgeschlossenes Kapitel für
mich. Er nickt und sagt, dass ihm das genauso geht, und im
nächsten Moment fangen wir auch schon zu lästern an. Mindestens eine halbe Stunde lang erinnern wir uns an alte Bekannte und ziehen sie durch den Dreck. Wir lassen kein
gutes Haar an der Stadt und an den Leuten, und immer,
wenn Konrad niemand mehr einfällt, nenne ich ihm einen
neuen Namen. Während er ihn so richtig fies heruntermacht,
entspanne ich auf dem Beifahrersitz. Ich kann sogar an die
Verena denken, ohne ihm etwas Schlechtes zu wünschen.
Nicht einmal die kann ihn all den Frust vergessen lassen, den
er in seiner Jugend in sich hineingefressen hat, und das finde
ich gut. Schon seit er mich vorhin auf dem Rastplatz angesprochen hat, kämpfen ja diese zwei Konrad-Bilder in meinem Kopf gegeneinander an: Der Loserkonrad von früher
und der Siegerkonrad, der neben mir am Steuer sitzt. Während er sich jetzt ereifert und dabei in seinen Oberpfälzer
Dialekt verfällt, bekomme ich immer deutlicher den alten
Konrad in den Blick. Einen Moment lang sehe ich ihn sogar

scharf umrissen vor mir. Er steht in der Konzerthalle des Alten Schlachthofs und hat seine braune Jeans und den viel zu langen Tschechenpulli an. Er steht ganz nah bei den Boxen, und als die *Speichelbroiss* ihre letzte Zugabe gespielt haben, fragt Simon ihn, ob er nicht endlich einen Fanclub gründen will. Mindestens zehn Leute stehen außen herum und hören das, und Konrad lächelt und fragt Simon, wie er das meint. Ganz höflich fragt er, so als wäre er ernsthaft an einer Antwort interessiert. Weil du die besten Voraussetzungen hast, sagt Simon, steckt ihm blitzschnell zwei Finger in den Mund, und dann schiebt er ihm die Lippen auseinander. So wie man Pferden die Lippen auseinanderschiebt, um ihr Alter zu bestimmen, genauso sieht das aus. Im Scheinwerferlicht funkelt Konrads Spange leicht gelblich, aber hinten bei den Backenzähnen, wo die Gummis sich zwischen den Briketts aufspannen, erkennt man ein paar helle Speichelfäden. Genau da schauen alle hin. Und der Wenzer, der spuckt sogar hinein.

Ich kann wieder das Gelächter hören, das die Konzerthalle des Alten Schlachthofs durchdringt und jetzt als verstärktes Echo in meinem Schädel widerhallt. Ein paar Sekunden lebe ich ganz im Inneren dieses Gelächters, wie in einem Kokon ist das, die völlige Auslöschung von Raum und Zeit. Dann kommt der Fahrtwind zurück, ich sehe wieder das flache, trockene Land, das vor den Fenstern vorbeifliegt, und fühle mich schäbig und leer und gemein. Ich höre sofort auf, weitere Namen zu nennen, weil, so bin ich ja nicht, zumindest möchte ich so nicht sein. Ich möchte Konrad sein Glück doch gönnen. Er hat ziemlich gelitten damals und jetzt einen echten Aufstieg hingelegt, und das ist eigentlich schön. So bin ich nicht, sage ich mir noch einmal, aber wenn ich ehrlich bin, stimmt das nicht ganz. Wenn ich ehrlich bin, habe ich den Erfolg anderer Leute schon immer gehasst, von Kindheit an. Dieser Neid und diese Missgunst sind in mir drin wie mein Herz oder meine Lunge oder wie das Blut, das durch meine Adern fließt, und meine einzige Hoffnung ist, dass es den anderen Menschen genauso geht. Bestimmt geht es den anderen Menschen genauso, das sind ja nicht meine Kategorien, sondern die offiziellen Kategorien dieser Welt. Wahrscheinlich erzählt mir Konrad auch nur Lügen, und der Wagen und die Verena sind in Wahrheit nur gemietet, geküsst haben sich die beiden jedenfalls noch nicht.

Es gibt aber noch einen zweiten Grund, weswegen ich aufhöre, weitere Namen zu nennen, und der hat nichts mit diesen Überlegungen zu tun. Weiden ist einfach zu klein, als dass man sich länger als eine halbe Stunde darüber auslassen kann, und die letzten Namen, die ich genannt habe, waren ohnehin schon Freunde von mir. Nur Simon und Leni fehlen noch, und ich könnte nicht ertragen, wenn Konrad auch die noch runtermacht. Auf die beiden lasse ich kein schlechtes Wort kommen, wenn, dann höchstens aus meinem eigenen Mund. Die beiden fallen Konrad aber gar nicht ein. Vermutlich kann er mit seinen Hirnwindungen nur irgendwelche Formeln in den Rechner programmieren und sich teure Autos und Frauen besorgen, aber sich erinnern, das kann er nicht. Das kann nur ich. Und natürlich habe ich ihn auch angelogen, als ich gesagt habe, Weiden sei ein abgeschlossenes Kapitel für mich. Ohnehin kann man sich ja seine Vergangenheit nicht wie eine Geschwulst aus dem Fleisch schneiden, und das möchte ich auch nicht. Das heißt, ich möchte es nur teilweise. Ich möchte mir nur die unangenehmen Erinnerungen rausschneiden und die guten behalten, und wenn ich ein genialer Neurologe wäre, würde ich mich genau darum kümmern. Ich würde eine Maschine erfinden, die alle unangenehmen Erinnerungen ortet und löscht und die guten unberührt lässt, wie auch immer das zu bewerkstelligen ist.

Jedenfalls hören wir jetzt mit diesen Schmutztiraden auf, und weil wir uns ja sonst nichts zu sagen haben, wird es im Wagen still. Mucksmäuschenstill sogar. Konrad raucht zwei Zigaretten, ohne mir eine anzubieten, und schaut dabei konsequent zur Scheibe hinaus. Ich bin mir fast sicher, dass er ähnliche Bilder vor Augen hatte wie ich. Sein Schweigen verrät mir das. Es fühlt sich ziemlich bitter an, und deshalb frage ich ihn, wie viel sein Auto gekostet hat. Er antwortet aber nicht, sondern streckt bloß fünf Finger in die Luft. Erst als die Verena ihn bittet, das Radio einzuschalten, taut er wieder auf. Aber klar doch, sagt er und drückt auf dem silbernen Suchknopf herum. Er wählt einen sächsischen Superhitsender, und bei jedem zweiten Song trommelt er den Takt auf dem Lenkrad mit. Als sie nach den Nachrichten dann die Staus durchsagen, fängt er plötzlich zu fluchen an, und die Verena hinten flucht lauthals mit. Die flucht, dass ich wirklich Angst bekomme: Ihre Stimme wird hart und klirrend, und als sie auch noch was von Scheißpollackenlastern sagt, frage ich mich, wie sie die Dinge eigentlich sieht. Politisch, meine ich. Sie hat ja diese blonden Haare und der Konrad seine Glatze, keine Ahnung, was mit den beiden läuft. Ich begreife auch nicht, warum sie so fluchen, der Laster ist ja auf einer anderen Autobahn umgekippt. Ich versuche, ihnen das zu erklären, ganz behutsam, so als wollte ich zwei plärrende Säuglinge beruhigen, und als ich das tue, trifft mich beinahe der Schlag. Weil wir uns vorher nicht darüber unterhalten haben, erfahre ich erst jetzt, dass sie in eine andere Richtung wollen als ich. Sie wollen nach Würzburg, und nur ich will nach München, und das eine liegt im Westen und das andere im Süden. Und leider haben sie es sehr eilig und können deshalb beim besten Willen keinen Umweg fahren. Das sagen sie zumindest, und der Konrad sagt mehrmals: Supersorry, Böhm. Supersorry mit einem englisch betonten U, so dass es sich wie Ju anhört. Das macht mich ganz verrückt, weil es ihm überhaupt nicht leidtut und das Wort sich wie Säure in meinen Gehörgang ätzt. In dem Moment, in dem er es sagt, weiß ich genau, dass mir in Zukunft immer dieses Sjupersorry einfallen wird, wenn ich an ihn denke, und darauf habe ich überhaupt keine Lust. Dafür hasse ich ihn nun doch.

Es hilft aber nichts. Wir durchfahren noch ein kurviges Waldstück, und als der Fichtenvorhang sich wieder beiseiteschiebt, tauchen überall diese blauen Hinweistafeln auf, die anzeigen, dass die Autobahn sich gleich gabeln wird. Keine drei Minuten später ist das Autobahnkreuz schon da, und Konrad lenkt den Wagen auf den Seitenstreifen hinaus. Er lässt den Motor im Stand laufen, er legt noch nicht einmal den Leergang ein, sondern hält die Kupplung im ersten durchgedrückt. Ich nehme meinen Rucksack von der Rückbank und wünsche den beiden mit einem sehr optimistischen Lächeln eine gute Fahrt. Verena lächelt zuckersüß zurück, Konrad ruft: Immer sauber bleiben, Böhm, dann tritt er das Gaspedal durch und rast davon. Ein paar Sekunden lang sehe ich Verenas Kopftuch hinter der Heckscheibe flattern, dann verschwindet das Auto um die Kurve, und ich stehe auf dem Seitenstreifen und strecke ihnen den Mittelfinger hinterher. Ich strecke den Finger mit aller Inbrunst in die heiße Luft und schaue dabei in die Landschaft hinein: vertrocknete Wiesen und Stoppelfelder mit gepressten Strohballen darauf, und darüber dieser gleißend blaue Himmel, der sich einen Dreck um mich schert. Ich spucke in hohem Bogen auf die Autobahn, dann schultere ich meinen Rucksack und marschiere los. Auf den ersten hundert Metern drehe ich mich noch ein paarmal um und strecke den Daumen raus, aber weil kein Mensch in Deutschland jemals auf dem Standstreifen hält, gebe ich es bald auf. Stattdessen ziehe ich mein Shirt aus, schnalle die Rucksackriemen enger und laufe schneller über den Asphalt. Ich komme mir dabei vor wie ein Fremdenlegionär in der Wüste, dann muss ich plötzlich an Dennis Hopper denken, seine Rolle in dem Film *Blue Velvet*, wo er diesen Drogenfreak spielt und alle Leute mit dem Wort Fucker anschreit. Den Film fand ich nicht einmal so gut, die Rolle aber schon, und so laufe ich über und über schwitzend auf dem Standstreifen entlang und fange an, mit mir selbst zu sprechen. Genau gesagt schreie ich nur Wörter in der Gegend herum. Du Fucker, schreie ich, und immer wieder Sjupersorry mit englisch betontem U, und dabei sehe ich Konrad im Sand liegen, und ich stehe mit einem Vorderlader über ihm und schlage mit dem Gewehrkolben auf ihn ein, so lange, bis jeder einzelne Zahn in seinem Kiefer zertrümmert ist und ihm das Hirnwasser aus dem Schädel rinnt. Ich brülle wirklich aus Leibeskräften und schwinge auch mit den Armen aus, was von der Autobahn aus bestimmt völlig krank aussieht, aber das ist mir egal. Das brauche ich jetzt, das brauche ich unbedingt, auch wenn mein Mund vom Brüllen immer trockener wird und ich keinen Tropfen Wasser bei mir habe. Keine Ahnung, woher ich die ganze Kraft nehme, jedenfalls ist sie da. Ich glaube, das Schreien gibt mir erst Kraft, jeder sollte ab und zu durch die Gegend laufen und schreien, nichts macht mehr Sinn. Meine Wut verraucht aber nicht, sondern wird nur immer größer. Sie greift jetzt von Konrad auf den Starnberger Förster über und dann auf Johanna. Hätte sie ein bisschen besser aufgepasst und meinen Wagen nicht zu Schrott gefahren, könnte ich jetzt darin sitzen und ganz entspannt nach München fahren. Immer macht sie alles kaputt, denke ich, und das meine ich ganz prinzipiell. Sie hat ja auch meine Beziehung zerstört. Fast fünf Jahre lang war ich vorher mit Leni zusammen, und dann kommt diese Münchnerin und küsst mich auf den Mund. Die ersten paar Male nur zur Begrüßung, so wie es in ihrer tollen Schauspielerfamilie üblich ist, aber dann auf einmal länger, und weil sie ein so strahlender Mensch ist und überall so gut ankommt, lasse ich mich auf sie ein und schicke Leni zum Teufel. So einfach habe ich mich manipulieren lassen, denke ich, mit dieser plumpen Masche hat sie mich gekriegt und meine große Liebe zerstört. Und während ich ihr noch weitere Vorwürfe mache und sie immer bodenloser beschimpfe, passieren zwei Dinge gleichzeitig. Erstens entdecke ich weiter vorne ein blaues Schild, das in drei Kilometern einen kleinen Parkplatz ankündigt, und genau im selben Moment höre ich dieses typische Pfeifen, das ein schleifender Keilriemen macht. Als ich mich umdrehe, sehe ich dicht hinter mir einen gelben Passat. Am Steuer sitzt ein älterer Mann mit Stirnglatze und Schnauzer, und das ist bestimmt der Starnberger Förster. Ich trommle mit beiden Fäusten auf meiner nackten Brust herum und schreie mir die Lunge aus dem Leib, und weil wir genau auf gleicher Höhe sind, bemerkt mich der Mann auch und sieht mich an. Ich lächle ganz breit, aber in seinem Gesicht regt sich nicht der kleinste Muskel. Der Mann dreht einfach wieder seinen Kopf nach vorne und fährt an mir vorbei. Ich kann das kaum glauben, weil er mir wirklich genau in die Augen gesehen hat, aber das ändert nicht das Geringste daran. Keine drei Sekunden später ist der Passat schon hinter der nächsten Hügelkuppe verschwunden, und ich stehe in dieser benzinverpesteten Autobahnluft und bin allein.

2

Der Parkplatz, den ich vielleicht eine halbe Stunde später erreiche, sieht eins a wie aus einem billig produzierten Katastrophenfilm aus. Er liegt in einer langen Kurve mitten in einem frisch gerodeten Waldgebiet, und gleich bei der Parkplatzeinfahrt liegen die zerfetzten Überreste eines Bussards auf dem Asphalt. Der Kopf des Vogels hängt nur noch an ein paar dünnen Sehnen am Körper, und in dem verklebten Gefieder krabbeln Heerscharen summender Fleischfliegen herum. Ein paar Meter weiter, hinter der niedergerissenen Parkplatzumzäunung, zieht sich eine fußballfeldbreite Schneise durch die Bäume tief in den Wald. Das sandige Erdreich ist zerwühlt und zergraben, und zwischen den aufgeschütteten Erdhaufen stehen eine Menge Bagger und Raupen und Planierfahrzeuge, die für die ganze Verwüstung verantwortlich sind. Keine Ahnung, was hier eigentlich gebaut werden soll, Strommasten oder Brücken oder vielleicht sogar eine zweite Autobahn, jedenfalls kreischt im Gehölz eine Säge, und immer wieder knackt und kracht es in der Ferne, so als würden Kienspäne übers Knie gebrochen, aber viel dunkler und bedrohlicher. Bauarbeiter kann ich trotz der Geräusche nirgends entdecken und normale Menschen gleich dreimal nicht. Das Allertrostloseste ist aber, dass der Parkplatz auch noch ganz neu ist. Die Fahrbahn ist frisch geteert, und der Rasen ist frisch gesät, und genau in der Mitte steht eines dieser viereckigen Toilettenhäuschen mit spitzem Blechdach und massiven silbernen Schiebetüren, die kein Kind der Welt jemals von alleine aufbekommt.

Im Inneren des Häuschens, jedenfalls bei den Männern, stinkt es erbärmlich. Als hätte ein Trupp Bauarbeiter hier gerade noch gemeinsam die Därme entleert, genau so stinkt es, und obwohl mein Mund von dem Autobahnmarsch staubtrocken ist, trinke ich nichts. Ich halte nur mein Gesicht unter die Leitung und wasche mir den Schweiß von der Haut. Dann setze ich mich draußen auf eine der grün lackierten Picknickbänke und warte auf die nächste Mitfahrgelegenheit.

Während ich warte, brennt die Sonne mit aller Kraft auf mich herunter. Die Eisenstreben der Bank drücken sich durch den dünnen Hosenstoff unangenehm heiß in meinen Hintern, und das Licht, das aus dem Himmel flutet, ist hell und gleißend, sodass ich bald die Augen schließe und versuche, auf der Stirn keine Falten zu ziehen. Zwischen meinen Augenbrauen habe ich nämlich schon zwei dünne senkrechte Linien, Zornesfalten heißen die, und die verdanke ich meinem Vater. Der verdankt sie seinem Vater, und weil diese Falten sozusagen ein Familienerbstück sind, wachsen sie von Jahr zu Jahr auch immer weiter, und irgendwann werden es richtige Scharten sein. Das bereitet mir Sorgen. Ich muss daran denken, dass meine Frau mich sicher mit Ende dreißig verlässt, weil sich dann auch die ewige Raucherei bemerkbar macht und meine Gesichtshaut ganz ledrig und alt aussieht. Ich selbst möchte ja auch keine Frau mit einer alten oder ledrigen Haut, weshalb ich ihren Entschluss absolut akzeptieren kann. Dass ich mein Gesicht jetzt trotzdem in die Sonne halte und noch nicht einmal das Shirt anziehe, hat aber einen anderen Grund. Ich habe noch eine weitere Veranlagung, und die ist tausendmal schlimmer als alle Falten zusammen. Psoriasis sagt man im Medizinischen dazu, aber normalerweise kennt man die Krankheit unter dem Namen Schuppenflechte. Überall auf dem Körper sprießen kleine rote Herde hervor, besonders dort, wo die Haut keine Sonne abbekommt und irgendwo scheuert, am Bund der Unterhose zum Beispiel. Und wenn man wirklich Pech hat, kriegt man die Schuppenflechte auch im Gesicht. Ich zum Beispiel habe sie ein bisschen auf der Kopfhaut und ganz vorne am Haaransatz. Einfach so, obwohl ich nichts verbrochen habe, wuchern dort kleine rote Schuppen, die mich sozial ins totale Abseits drängen. Das heißt, früher als Kind war das so. Seit ich die Dermatopsalbe habe, ist das Ganze aber überhaupt kein Thema mehr. Kaum, dass irgendwo was zu wuchern beginnt, schmiere ich blitzschnell Dermatop darauf, und sofort ist alles wieder gut. Eine echte Wundersalbe ist das, und im Grunde bin ich mir nicht einmal sicher, ob ich die Krankheit überhaupt noch habe. Diese Schuppenherde habe ich jedenfalls seit mindestens zehn Jahren nicht mehr gesehen. Mir reicht aber schon das Gefühl, dass irgendwo was zu wuchern beginnen könnte, da creme ich mich lieber prophylaktisch ein. Und wenn die Schuppen erst einmal da sind, ist es bereits zu spät. Dann hat man seinen Ruf als Aussätziger schon weg und wird von der Umwelt konsequent gemieden und ausgegrenzt. Das ist mir eine Spur zu heiß, und deshalb halte ich mein Gesicht bei jeder Gelegenheit in die Sonne, damit sie die Schuppen schon im Keim verbrennt.

Und genau deshalb schaue ich auch immer so pingelig auf die Haut der anderen Menschen, wegen dieser Veranlagung, meine ich. Ein richtiger Zwang ist das. Ich nehme die Menschen eigentlich überhaupt nur noch in Abhängigkeit zu ihrer Haut wahr. Bei Leni zum Beispiel habe ich mich am Anfang nur in ihre Haut verliebt, ausschließlich in ihre Haut. Sie hat aber auch die schönste Haut, die man sich vorstellen kann. Eine ganz feine Blässe, und die Haut ist unglaublich zart und straff und weich und glatt. Eine Haut, dass ich durchdrehen könnte, wenn ich bloß daran denke, so etwas unglaublich Feines ist das. Es quält mich halb zu Tode, dass ich sie nicht mehr berühren kann, obwohl ich das Ganze ja selbst beendet habe. Ich darf gar nicht weiter daran denken, weil mich das maßlos frustriert und ich mich sofort wieder Hals über Kopf in sie verliebe, und das will ich nicht. Das verbiete ich mir sogar. Ich habe ja eine neue Freundin, die im Grunde noch viel idealer ist.

Das ist Johanna wirklich, aber leider hilft mir das nicht weiter. Ich bin ja nicht auf irgendeiner Filmerparty, sondern sitze noch immer mit zusammengekniffenen Augen auf dieser Bank herum, und das tue ich bestimmt zwei Stunden lang. Ich sitze da so lange, weil in der ganzen Zeit genau vier Autos auf dem Parkplatz anhalten. Vier Stück, und keines mehr. Drei bis unters Dach vollgepackte Familien mit ungefähr zehn Kindern und doppelt so vielen Koffern auf der Rückbank und ein rotes Sportcabriolet ganz ohne Rückbank. Die Familien beachte ich nicht weiter, aber in dem Cabriolet sitzen zwei blonde Typen mit streichholzkurzen Haaren, die kaum älter sind als ich. Sie tippen wie besessen auf den Tasten ihrer Mobiltelefone herum, und weil ich immer wieder in ihre Richtung schaue, grinsen sie mich dabei sehr überlegen an. Sie stecken sogar ihre Köpfe zusammen und tuscheln miteinander, und als sie davonfahren, ruft der eine, ob ich nicht mitfahren will. Im Fußraum, ruft er, ist nämlich noch Platz. Und der andere ruft, dass aus seinen Zehenzwischenräumen mal wieder der Dreck geleckt werden müsste, aber besser nicht von mir. Daraufhin lachen sie laut und höhnisch, und bevor ich einen Stein aufheben und ihnen den Schädel einschlagen kann, geben sie Gas und rasen davon.

Dann, während mein Hass sich so langsam in Verzweiflung verwandelt, habe ich aber doch noch Glück. Bei der Parkplatzeinfahrt taucht ein Laster auf, und als er näher kommt, sehe ich, dass es ein Kühltransporter mit Straubinger Kennzeichen ist. Auf dem weißen Frachtcontainer sind drei blaue Eiskristalle aufgedruckt und darunter steht: *MAIERHOFER – TO BE COOL IS OUR BUSINESS.* Keine Ahnung, wer sich diesen bescheuerten Spruch ausgedacht hat, der Kühltransporter jedenfalls hält direkt vor dem Toilettenhäuschen, und in der Führerkabine sitzt nur ein einziger Mann. Der Mann ist vielleicht Mitte vierzig und trägt einen braunen Vollbart im Gesicht, und als er von den Toiletten zurückkommt, gehe ich auf ihn zu und frage ihn, ob er mich nicht mitnehmen kann. Zuerst kratzt er sich in seinem Bart, aber dann nickt er so vage und öffnet mir die Kabinentür. Er hievt sogar meinen Rucksack hinein, und nachdem ich die drei kleinen Metallstiegen hochgeklettert bin, sagt er, dass er Roland heißt. Alex, sage ich mit einem breiten Lächeln und dabei fällt mir spontan mein ehemaliger Chemielehrer ein. Herr Pausch hieß der, aber weil er einen nadelspitzen Kehlkopf hatte, haben wir ihn alle nur den Stecher genannt. Zu seinem Geburtstag haben wir ihm einmal einen Rollkragen-pulli vorne aufs Pult gelegt, aber er hat ihn einfach ignoriert und stattdessen eine Stehgreifaufgabe diktiert. Nach dem Unterricht hat er den Pulli vorne liegen lassen, und als er uns zwei Tage später den Test zurückgegeben hat, war die beste Note eine Drei minus. Diese Sorte Mensch war das.

Roland ist um einiges dicker als der Herr Pausch, aber er hat auch so einen spitzen Kehlkopf, den er durch den Vollbart zu kaschieren versucht. Durch die ausdünnenden Barthaare hindurch kann ich ihn aber trotzdem erkennen und befürch-te schon, dass ich die ganze Fahrt über dort hinstarren wer-de, da sieht er mich plötzlich eindringlich an und sagt: Jun-ge, dass du mir bloß nicht auf krumme Gedanken kommst. Seine Stimme ist sehr bedächtig, aber während er das sagt, zieht er einen Hirschfänger unter seinem Sitz hervor. Er hält ihn mir direkt vor die Nase, so dass die Schneide so seltsam waagrecht in der Luft steht, und zuerst sehe ich die Messer-klinge und danach ihn an, und dann sage ich, dass ich das be-stimmt nicht vorhabe. Ich schwöre, sage ich und spreize zwei Finger in die Luft. Er fixiert mich noch einen Augen-blick, aber weil ihn meine Antwort offenbar überzeugt, legt er den Hirschfänger wieder unter den Sitz, dreht den Zünd-schlüssel um und gibt Gas. Der Lastwagen fährt langsam an, dann fädeln wir uns auf die rechte Spur ein und nehmen Geschwindigkeit auf. Im Seitenspiegel blitzt noch einmal das Blechdach des Toilettenhäuschens auf, dann schiebt sich das dunkle Grün der Fichten davor, und der Parkplatz ver-schwindet im Wald. Weil ich Roland so unendlich dankbar bin, würde ich ihm gerne etwas Nettes sagen, stattdessen bin ich still und warte ab. Vielleicht gibt es ja bestimmte Themen, die ich vermeiden sollte, denke ich und schaue mich unauffällig in der Kabine um, um ein paar Anhaltspunkte zu bekommen, neben wem ich hier eigentlich sitze.

Gewöhnlich sind diese Fernfahrerkabinen ja ziemlich schmuddlig, überall liegen zerdrückte Plastikflaschen und zerfledderte Pornoheftchen und sonstiger Müll herum, aber hier wirkt alles sauber und ordentlich. Beinahe wie der Vollbart von Roland, der ist nämlich auch sehr akkurat geschnitten. Vorne auf das Armaturenbrett ist ein kleiner Fernseher montiert, und an das Handschuhfach ist eine Marienfigur aus Plastik angeschraubt. Die Figur trägt einen wallenden roten Mantel und hat ihre Arme so sehnsüchtig nach oben gestreckt, und weil ich solchen Kitsch aus dem Haus meiner Großeltern kenne, frage ich Roland, ob er die Maria wohl aus Lourdes mitgebracht hat. Er schüttelt den Kopf und nennt mir einen tschechisch klingenden Ortsnamen, Svitavy oder so ähnlich, und dann fragt er mich, ob ich mich dafür interessiere, weil ich religiös bin. Ich muss noch mal an den Hirschfänger denken, deshalb nicke ich und sage, dass ich katholisch bin und früher ministriert habe, was sogar stimmt. Bis ich dreizehn war, habe ich mir fast jeden Sonntag diese schwarz-weißen Ministrantengewänder übergezogen, dem Pfarrer Wein eingeschenkt und den Kelch ausgewaschen, und an den Festtagen durfte ich sogar das Weihrauchfässchen schwenken und irgendwelche Fürbitten vorlesen. Weil ich auch noch so schöne Locken habe, muss ich dabei wie ein kleiner Engel ausgesehen haben. Meine Großmutter jedenfalls hat das gesagt, und rückblickend war das Ministrieren eigentlich eine gute Sache. Irgendwie ehrwürdig und erhaben, und wenn ich später mal Kinder haben sollte, werde ich es ihnen bestimmt nicht verbieten.

Meine Antwort scheint dem Roland zu gefallen. Er taut jetzt ein bisschen auf und sagt, dass ich das mit dem Messer nicht falsch verstehen soll und er es nur routinemäßig zückt, weil er in der Vergangenheit schon ein paar schlechte Erlebnisse mit Anhaltern gehabt hat. Er möchte die Dinge lieber von vornherein klarstellen, sagt er, weil er so unangenehme Überraschungen überhaupt nicht leiden kann. Ich frage ihn, was das für Erlebnisse waren, vor allem interessiert mich daran, wie sie für die Anhalter ausgegangen sind, aber Roland winkt ab und deutet auf die Marienfigur. Er erzählt mir, dass er sie von seiner Frau zur Hochzeit bekommen hat, damit er sich bei seinen Fahrten immer daran erinnert, dass sie zu Hause in Svitavy sitzt und auf ihn wartet und an ihn denkt. Er selbst, sagt er, denkt auch jedes Mal an sie, wenn er die Figur anschaut, und weil seine Stimme beinahe feierlich klingt, sage ich, dass die Frau wohl etwas ganz Besonderes ist. Er nickt und dann erzählt er mir, wie die beiden zusammengekommen sind, er und die Svetlana, und als er mir diese Geschichte auf seine gewissenhafte Art erzählt, wird er mir richtig sympathisch.

Die Svetlana, erzählt er mir, ist bereits seine zweite Ehefrau. Früher war er schon einmal verheiratet, mit einer Deutschen, aber weil seine Spedition in ganz Europa fährt und er manchmal fünf, sechs Wochen lang nicht nach Hause gekommen ist, hat diese Deutsche irgendwann genug von ihm gehabt und ihn sitzen lassen. Daraufhin ist er regelrecht abgestürzt und hat sein ganzes Geld bei Prostituierten gelassen, in Algeciras und Bukarest und wo er sonst überall hingekommen ist bei seinen Fahrten, und diese Phase hat wohl beinahe drei Jahre gedauert und war die schlimmste Zeit seines Lebens. Ja, und irgendwann bekommt er von seiner Spedition dann den Auftrag, eine Ladung Kurbelwellen aus Ostrau abzuholen, das liegt in der Tschechei, und macht sich dorthin auf den Weg. Wegen irgendwelcher Verzögerungen am Zoll kommt er an diesem Tag aber nur bis Svitavy, und als er auf die Stadt zufährt, fällt ihm ein, dass er einen Zettel dabeihat, auf dem eine Svitavyer Bed & Breakfast-Adresse steht. Unter den Lastwagenfahrern, erklärt er mir, gibt es eine Art Bettenbörse, die sich über ganz Osteuropa erstreckt und so Witwen und alleinstehende Frauen unter der Hand weitervermittelt. Diese Frauen, B&B-Frauen werden die genannt, sind keine professionellen Prostituierten, sondern normale Arbeiterinnen oder Mütter, die zu wenig verdienen, um sich ihren Lebensunterhalt selbst finanzieren zu können. Deshalb richten sie den Lastwagenfahrern für ein paar Euro Abendessen und Frühstück, und dazwischen teilen sie das Bett mit ihnen. Die meisten B&B-Frauen sind zwar nicht so hübsch wie die Prostituierten, und manchmal erwischt man wohl richtige Greisinnen, aber im Gegensatz zu den Puffs ist es bei ihnen zu Hause sauber und behaglich. Man sitzt an einem gedeckten Tisch und schläft auf frischen Laken, und am nächsten Morgen verlässt man die Wohnung mit einer Tasse Kaffee im Magen. Die Adresse jedenfalls, die Roland an diesem Abend in Svitavy aus der Tasche gezogen hat, war diejenige von Svetlana. Er klingelt also an der Tür, und als Svetlana ihm aufmacht, merken beide sofort, dass da etwas ist zwischen ihnen. Sie essen Gulasch und sitzen den ganzen Abend in Svetlanas kleiner

Wohnung am Küchentisch, und obwohl sie sich kaum unterhalten können, weil er kein Tschechisch spricht und sie nur ein paar Brocken Deutsch, wird dieses Gefühl nur immer stärker. In der Nacht traut er sich dann nicht einmal, sie anzurühren, aber als er am nächsten Morgen fortgeht, drückt er ihr einen Hunderteuroschein in die Hand, beinahe dreimal so viel, als er eigentlich bezahlen müsste. Svetlana nimmt den Geldschein in die Hand, schaut ihn eine Weile ungläubig an, und dann zerreißt sie ihn genau in der Mitte. Sie gibt ihm eine Hälfte zurück und sagt: Wiederkommen, Roland. Das war der Moment, als sie sich zum ersten Mal geküsst haben, zwischen Tür und Angel und jeder mit einer Hälfte dieser zerrissenen Euronote in der Hand. Und natürlich ist er auch wiedergekommen. Die Svetlana ist ja seine große Liebe, und kein halbes Jahr später haben die beiden in Svitavy geheiratet. Und weil Svetlana sehr religiös ist und ihm erklärt hat, dass die Verzögerungen am Zoll und die Adresse und so weiter überhaupt kein Zufall waren, sondern Schicksal, ist er seitdem nicht nur ein glücklicher Ehemann, sondern ein überzeugter Christ dazu.

Genau so erzählt er mir das, und als er auch noch seinen Geldbeutel herausnimmt und mir den halbierten Schein zeigt, der ihm auf seinen Fahrten als eine Art Schutzengel dient, geht mir das so nahe, dass ich beinahe feuchte Augen bekomme. Im gleichen Moment muss ich aber auch schon gähnen, das ist ein ganz eigenartiger Reflex, den ich habe, seit ich ungefähr fünfzehn bin. Kurz bevor die Tränen kommen, setzt diese Kiefermechanik ein, mein Mund sperrt sich auf, und wenn ich ihn endlich wieder zubekomme, sind die Tränen schon wieder weg. Roland hat mein Gähnen aber

Gott sei Dank nicht bemerkt. Womöglich denkt er noch, dass mich seine Geschichte langweilt oder ich mich über ihn lustig mache, aber genau das Gegenteil ist der Fall. Vorhin, bei Konrad und Verena im Auto, habe ich ja noch an diesem widerlichen Schickeriagehabe teilnehmen müssen, und ohnehin denke ich oft, dass ein halbwegs erträgliches Leben ausschließlich mit Schönheit und Reichtum und Ruhm zu tun hat, aber ganz so scheint es doch nicht zu sein. Obwohl er Lastwagenfahrer ist und diesen Kehlkopf hat, wirkt Roland gar nicht so frustriert, wie man das annehmen müsste, und das finde ich eigentlich sehr schön. In einer Situation wie jetzt, wo ich die ganze Sache überhaupt nicht hinterfrage, sondern einfach nur glauben möchte, was er mir erzählt, macht mir das sogar richtig Mut.

Es gibt aber noch einen ganz konkreten Grund, weswegen mich seine Geschichte so beschäftigt, und der ist ein bisschen komplizierter. Er hat mit meiner Vergangenheit zu tun und mit der Gegend, aus der ich komme. Ich bin ja in Weiden in der Oberpfalz geboren, und das liegt im tiefsten Ostbayern, gleich an der tschechischen Grenze. Früher haben sich dort Fuchs und Hase Gute Nacht gesagt, aber als der Eiserne Vorhang fiel, ist dort einiges passiert. Nach der Grenzöffnung hat man für eine Mark fast zwanzig Kronen bekommen, und daraufhin haben im Umland von Weiden erst einmal alle Tankstellen und Dorfläden zugemacht, da die gesamte Landbevölkerung zum Tanken und Einkaufen jetzt in die Tschechei gefahren ist. Wenig später standen dann vor der Weidener Thermenwelt massenhaft tschechische Reisebusse auf dem Parkplatz, und ich hatte plötzlich Fußpilz. Das klingt wahrscheinlich ziemlich rechtsradikal, aber wenn ich an die Tschechei denke, fallen mir spontan nur billiges Benzin, Fußpilz und illegale Prostitution ein. Vor allem aber illegale Prostitution, darüber weiß ich am besten Bescheid, und das bringt mich auch auf die Geschichte von Roland zurück. Ich war in meiner Jugend ja immer mit Leuten befreundet, die zwei, drei Jahre älter waren, und deswegen hatten sie mir auch alle möglichen Erfahrungen voraus, besonders natürlich auf sexuellem Gebiet. Mit vierzehn hatte ich zwar zweimal die Gelegenheit aufzuschließen, aber aus irgendwelchen Gründen wollte es nicht so recht funktionieren. Es waren immer so Partysituationen, wo man die Türen nicht absperren konnte und alles sehr schnell gehen musste, und ich vermute, dass es am Alkohol und den Drogen und dem ganzen Stress lag, weswegen ich nicht konnte. Jedenfalls hat mich diese Sache damals so sehr beschäftigt, dass ich mich irgendwann dazu entschlossen habe, in die Tschechei zu fahren und es mit einer Prostituierten zu versuchen. Mit hundert Mark in der Tasche habe ich mich freitags nach der Schule in einen Zug gesetzt und bin nach Cheb gefahren. Das ist eine tschechische Kleinstadt keine fünfzig Kilometer von Weiden entfernt, und aus einem Antiaidsbericht im *Grenzlandkurier* habe ich gewusst, wo ich hingehen muss und wie viel es kostet. Auf der Fahrt war ich recht aufgekratzt, aber als ich dort war, war mir plötzlich sehr mulmig zumute. Cheb ist eine außerordentlich hässliche Stadt, und das Viertel, in das ich musste, war so ziemlich das verwahrloseste, was ich je gesehen habe. Die Häuser waren zwar Altbauten, wie man sie auch aus Deutschland kennt, aber die Fassaden sahen allesamt aus wie nach einem Bombenangriff. Auf der Straße lag überall Unrat herum, und es waren kaum Menschen unterwegs, aber die wenigen, die ich gesehen habe, waren entweder uralt oder völlig zwielichtige Gestalten, denen alles zuzutrauen war. Zwar habe ich mich mit Bedacht selbst sehr schäbig angezogen, aber ich war mir trotzdem sicher, irgendwie aufzufallen, als ich da ein paarmal die Straße auf und ab gelaufen bin und so verstohlen auf die andere Seite in Richtung der Frauen geschielt habe. Es hat auch eine halbe Ewigkeit gedauert, bis ich mich getraut habe, eine anzusprechen. Ich habe ja vorher mit solchen Sachen nichts zu tun gehabt und war mir plötzlich nicht mehr sicher, ob die ganzen Frauen nicht so auf dem Gehweg herumstehen. Aus Langeweile womöglich. Das ist ja nicht wie in St. Pauli oder in Amsterdam, wo die Prostituierten adrett in Schaufenstern sitzen oder vor Häusern mit roten Laternen stehen. In Cheb stehen sie einfach inmitten dieser Kriegskulisse auf dem Bürgersteig und sind auch nicht besonders aufreizend angezogen, sondern sehr alltäglich und winterlich dazu. Allerdings war es auch ziemlich kalt, es war Februar, wenn ich mich nicht täusche. Schließlich habe ich mir aber doch ein Herz genommen und bin auf eine der Frauen zugegangen, die aus der Ferne ganz passabel aussah. Als ich direkt vor ihr stehe, bin ich auch halbwegs erleichtert, sie ist nämlich höchstens ein, zwei Jahre älter als ich und hat ein recht hübsches Gesicht und lange blonde Haare. Ich lächle sie also an, sie sagt: Fünfzig Mark, und auf mein Nicken hin gehen wir in einen dieser verfallenen Hauseingänge hinein. Sie sperrt eine Tür im Erdgeschoss auf, und nachdem sie sie hinter mir zugezogen hat, stehe ich in einem düsteren Flur, und von rechts taucht plötzlich ein schmächtiger Typ im Trainingsanzug auf und sagt: Jetzt zahlen, dann tun. Ich drücke ihm schnell einen Fünfzigmarkschein in die Hand, und er steckt das Geld in seine Hosentasche und verschwindet ohne ein weiteres Wort wieder in seinem Zimmer. Das Mädchen sagt: Bruder, und dabei fällt mir auf, dass ich hier in einer Privatwohnung gelandet bin. Ich weiß nicht genau wieso, aber das gefällt mir nicht. Meinen Eltern habe ich ja erzählt, dass ich bei einem Freund in Moosbach bin und wir für die Matheschulaufgabe nächste Woche lernen, und vermutlich ahnt der Typ im Nebenzimmer, dass niemand davon weiß, dass ich hier bin. In einem Puff hätte das Ganze bestimmt einen seriöseren Charakter gehabt, außerdem, so habe ich mir das zumindest vorgestellt, sieht man dort überhaupt keine anderen Männer außer vielleicht ein paar Kunden. Aber vor denen hat man nichts zu befürchten, die wollen ja selbst nur ungeschoren wieder davonkommen. Das Mädchen lässt mir aber keine Zeit für weitere Überlegungen, sondern führt mich in ein überheiztes kleines Zimmer am Ende des Flurs. Durch die beschlagenen Scheiben fällt graues Licht, das alles so zweidimensional werden lässt, und an den tapezierten Wänden hängen Poster von irgendwelchen Sängerinnen und Schauspielerinnen und dazwischen auch ein paar Fotos von ihr selbst. Wir sind offenbar in ihrem Kinderzimmer, und das wiederum finde ich schön. Es ist ja beinahe so, als würde ich mit einem echten Mädchen schlafen und nicht mit einer Prostituierten. Ich deute auf mich und sage meinen Namen und dann auf sie, und sie sagt: Rozana. Als hätte sie meine Gedanken erraten und wollte alles noch echter machen, geht sie zu der Musikanlage, die neben dem Bett steht, und legt eine CD ein. Aus den Lautsprechern kommt dieses Lied von Roxette, dessen Titel ich mir nie merken kann, jedenfalls ist es aus dem Film *Pretty Woman*, der ein paar Jahre zuvor im Kino gelaufen ist. Ich fand ihn zwar furchtbar kitschig, trotzdem habe ich halb weinen müssen, weil es einfach so schön war, als die beiden sich am Ende gekriegt haben. Das hat sich so richtig und so gut angefühlt, und bevor wir anfangen, würde ich mit Rozana gerne darüber sprechen, aber leider geht das ja nicht. Dann sehe ich aber, dass sie auch ein Poster von Julia Roberts im Zimmer hat, und darauf deute ich und strecke meinen Daumen in die Höhe. Ich lächle sie dabei an, und sie macht die Vorhänge zu und zieht sich aus. Als sie nackt vor mir steht, kann ich sehen, dass sie einen wirklich schönen Körper hat. Runde Brüste und eine helle, glatte Haut, so dass ich tatsächlich Lust bekomme, sie zu berühren und mit ihr zu schlafen und alles. Ja, und nachdem ich mich selbst ausgezogen habe und sogar die Sache mit dem Kondom ganz wunderbar geklappt hat, kommt es auch dazu. Wir schlafen miteinander, aber daran kann ich mich nicht mehr genau erinnern. Ich weiß nur noch, dass ich die Augen zuhatte und mir vorgestellt habe, auf der Miriam zu liegen, das war damals die Freundin von Simon, und die sah wirklich fantastisch aus. Hätte ich zwischendurch nicht immer wieder an diesen Trainingsjackenbruder denken müssen und dass der gleich mit einem langen Messer hereinkommt, wäre es, glaube ich, ein ganz schönes erstes Mal geworden. Es hat einfach funktioniert, völlig reibungslos, so als hätte ich das schon tausendmal gemacht und könnte auch gar nicht anders.

Das Beste kommt aber noch, das war sozusagen das Nachspiel. Am selben Abend gab es eine Party in einem gemieteten Pfadfinderhaus, zu der die halbe Stadt eingeladen war. Irgendwann spätnachts bin ich für eine Weile auf dem Dachboden verschwunden, und später, in einer größeren

Runde, habe ich dann das benutzte Kondom aus Cheb aus der Hosentasche gezogen. Wie aus Versehen habe ich es zusammen mit einer Schachtel Zigaretten aus der Tasche gezerrt, und im nächsten Moment gab es auch schon den größten Tumult. Alle haben so anerkennend rumgeschrien und mir zugeprostet und wollten einen Namen hören, aber ich habe einfach gesagt, dass es nur irgendein Dorfflittchen aus Vohenstrauß oder Moosbach war. Wie es halt so ist, habe ich gesagt, und in diesem Moment bin ich sehr, sehr glücklich gewesen. So war das damals, und auch wenn ich vor Stolz nicht gerade platze, dass mein erstes Mal mit einer Prostituierten war, stehe ich dem Ganzen doch recht positiv gegenüber. Es musste einfach sein, sonst wäre ich völlig vor die Hunde gegangen, soviel ist sicher.

Ich überlege mir, Roland von meinem Ausflug nach Cheb zu erzählen, weil wir ja trotz aller Unterschiede beinahe dasselbe erlebt haben, lasse es dann aber bleiben. So wie er es jetzt sieht, würde er mein Verhalten bestimmt nicht gutheißen und vermutlich auch nicht begreifen wollen, dass ich damals erst fünfzehn war und gar nicht anders konnte. Stattdessen mache ich ihm eine Freude und sage, dass ich seine Geschichte sehr schön gefunden habe und er meinem Bild von der Tschechei eine neue Richtung gegeben hat. Er fragt mich, wie ich das meine, und ich erkläre ihm, dass ich bislang mit der Tschechei immer nur sehr unangenehme Sachen assoziiert habe. Dass die Männer in die Puffs hinüberfahren und die Bauern aus dem Umland sich Frauen von drüben holen, um sie dann auf ihren Höfen ganz hart schuften zu lassen. Das schmutzige, billige, böse Land nebenan. Ich erzähle ihm von den sprunghaft angestiegenen Scheidungsraten in der Region und den ganzen Tschechenwitzen, die auf den Dörfern kursieren, und sage, dass mich das immer sehr pessimistisch gestimmt hat. Er überlegt eine Weile, dann sagt er, dass doch aber die Tschechei damit nichts zu tun hat, sondern die Deutschen daran schuld sind und vor allem der Reichtum hier und die Armut dort. Ich stimme ihm sofort zu, nicht nur wegen des Hirschfängers, sondern auch weil er ja in gewisser Weise Recht hat. Trotzdem ändert das nichts an den Vorurteilen, die ich habe. Ich glaube ja auch, dass Armut ein ganz schrecklicher Zustand ist, aber trotzdem würde ich mich deswegen nicht verkaufen. Allein schon um der Selbstachtung willen würde ich das nicht tun, da bin ich mir sicher. Das sage ich ihm aber nicht. Es würde sich ja gegen die Svetlana richten und gegen seine Beziehung mit ihr, und trotz seiner Bedächtigkeit und seiner Religiosität möchte ich es lieber nicht auf einen Streit mit ihm ankommen lassen.

3

Wenig später lässt Roland mich an einem Autohof raus. Er muss bei Mitterteich von der Autobahn abbiegen, weil er von seiner Spedition den Auftrag hat, bei einer tschechischen Großmetzgerei eine Ladung tiefgefrorenes Schweinefleisch abzuholen. Nachher fährt er das Fleisch dann nach Italien, wo es noch aufgetaut und abgepackt wird, und ein paar Wochen später holt er es als Parmaschinken wieder ab und transportiert es zurück nach Deutschland, nach Belgien und nach Holland und sonst wohin. So erzählt er mir das, und auch wenn es sich nicht besonders seriös anhört, glaube ich ihm sofort. Die Turnschuhe, die ich trage, werden ja auch in der Dritten Welt produziert, und nur das Design kommt noch aus Europa, da darf man wirklich nicht erwarten, dass es beim Schinken etwas anderes ist.

Zum Abschied jedenfalls streckt er mir seine Hand entgegen, dieselbe, in der er vorhin noch den Hirschfänger gehalten hat, und ich nehme sie und schüttle sie kräftig. Wir wünschen uns gegenseitig eine gute Reise, richtig herzlich tun wir das, wie zwei alte Freunde, die sich jetzt lange nicht mehr sehen werden, dann klettere ich die drei Metallstiegen hinunter und werfe die Kabinentür hinter mir ins Schloss. Ich gehe ein paar Schritte in Richtung der Tankstelle und

42

winke ihm hinterher. Roland drückt zur Antwort zweimal
auf die Hupe, dann setzt er den Blinker und fährt auf die
Straße zurück. Ein paar Sekunden später verschwindet der
Laster auch schon hinter der nächsten Kurve, und ich schaue
an den Zapfsäulen vorbei in die Landschaft hinein. Die Sonne steht jetzt schon tief über den Bäumen und taucht die
bewaldeten Hügel in ein ganz weiches Licht. In der Senke
zu meinen Füßen erstrecken sich Wiesen und Felder, und in
der Ferne fahren winzig kleine Mähfahrzeuge durch das Getreide und ziehen bräunliche Staubwolken hinter sich her
durch die Luft. Richtig idyllisch sieht das aus, so als gäbe
es gar keine gerodeten Wälder und keine verschmutzten
Flüsse und Seen, und im Grunde gibt es das hier wirklich
nicht. Die Gegend rundherum, das ist ja bereits die Oberpfalz, und da ist die Natur noch intakt. Da gibt es noch un-
begradigte Bachläufe und Biber und irgendwelche seltenen
Ameisenvölker im Wald, und vor kurzem haben sie im
Grenzgebiet sogar ein Rudel Wölfe entdeckt.

Ich blinzle noch einmal in die Sonne hinein, dann schultre
ich meinen Rucksack und laufe zu dem Restaurant hinüber,
das auf der anderen Seite des Parkplatzes liegt. Vor dem Restaurant, so einem flachen, grau verputzten Gebäude, stehen
ein paar Plastiktische unter leuchtend gelben Sonnenschir-
men auf dem Asphalt. An den Tischen sitzen vielleicht ein
halbes Dutzend Menschen: ein Motorradpärchen in Leder-
klamotten und ein paar Männer in kurzen Hosen und Un-
terhemden, Fernfahrer vermutlich, jedenfalls trinken sie
Bier und essen Pommes mit Ketchup und Mayo. Ich überlege mir schon, einen der Männer anzusprechen, aber als ich
näher komme, sehen sie mich alle dermaßen gleichgültig an,

dass ich es bleiben lasse. Stattdessen schlendere ich zwischen den Tischen durch und schaue nicht nach links und nicht nach rechts, und tatsächlich könnte ich mir gerade nichts Schlimmeres vorstellen, als schon wieder in so eine verschwitzte Führerkabine zu klettern, mir irgendein Gespräch aufzwingen zu lassen und dabei immerzu nicken zu müssen, obwohl ich die Dinge in Wirklichkeit ganz anders sehe. So viel Glück wie mit Roland habe ich bestimmt kein zweites Mal.

Vor dem Eingang des Restaurants komme ich dann an dem Motorradpärchen vorbei. Die beiden trinken Kaffee und essen Kuchen, und als ich fast auf gleicher Höhe bin, bemerke ich, dass vor ihnen zwei DVDs auf dem Tisch liegen. Ich gehe noch ein bisschen langsamer und schiele aus den Augenwinkeln auf die Cover der DVDs. Zuerst sehe ich nur eine gleißend helle Fläche, weil die Hüllen noch in Plastik eingeschweißt sind und das Sonnenlicht reflektieren, aber dann kann ich auf dem linken Cover eine nackte Blondine mit ziemlich großen Brüsten erkennen. Die Blondine ist im Profil abgebildet und kniet auf allen vieren auf dem Boden, und in ihren Öffnungen stecken überall Schwänze, drei Stück insgesamt. Das Cover zeigt nur die Frau und die Schwänze in ihren Öffnungen, keine Männer, und der Titel des Films lautet *Meat Machines IV*. Von der anderen DVD kann ich nur einen Teil des Titels lesen: *achines V*, und das Bild darunter wird von einem Mobiltelefon verdeckt, das aufgeklappt auf der Hülle liegt. Einen Moment lang frage ich mich, weshalb das Pärchen die Pornos hier so auffällig auf dem Tisch drapiert hat, ob die beiden damit wohl irgendeine Aussage treffen wollen, aber dann bemerke ich, wie mir

gegen meinen Willen ziemlich viel Blut in den Schwanz ge-
pumpt wird. Ich kann meinen Blick auch gar nicht mehr
von dem Cover abwenden, ich kann es wirklich nicht, obwohl ich mich nach Kräften darum bemühe. Ich muss dabei
sogar stehen geblieben sein, weil der Motorradmann sich
auf einmal räuspert und fragt, ob ich ein Problem habe. Er
fragt mich das in einem breiten Oberpfälzer Dialekt, so einem dumpfen schleppenden Singsang, der mich an faulen-
des Holz erinnert und überhaupt nicht zu den Hochglanz-
pornos passt, die er da vor sich ausgebreitet hat. Ich schaue
zuerst ihn an und dann seine Frau, und plötzlich sehe ich die
beiden gar nicht mehr hier vor dem Restaurant sitzen, sondern bei einer halb leeren Flasche Kirschlikör nackt in ihrem
Wohnzimmer liegen, und auf ihrem neuen Breitbildfernse-
her, auf dem ein paar gerahmte Fotos von ihren Kindern
stehen, läuft *Meat Machines IV*. Die Rollläden vor den
Fenstern zum Garten sind bis auf die Lichtschlitze herunter-
gelassen, und der Ton ist ordentlich hochgedreht, und nach
der Hälfte des Films beugt sich die Frau über den Schoß
ihres Mannes und beginnt seinen halbsteifen Schwanz zu
lutschen, so lange, bis er wirklich steht, und dann ficken sie
auf ihrer gepolsterten Couch, bis sie nicht mehr können und
alles vor Schweiß und Säften nur so trieft. Und die Säfte und
der Schweiß und das Sperma sickern langsam in das Couch-
polster hinein, das überall schon fleckig ist, aber das ist den
beiden egal, weil es ja ihr eigenes Wohnzimmer ist und sie
dort tun und lassen können, was sie wollen. Genau das sehe
ich, während ich die beiden anschaue, und obwohl ich überhaupt keine Lust darauf habe und mich die Bilder sogar ab-
stoßen, werde ich unendlich scharf auf die Motorradfrau.
Sie ist schon ziemlich alt, Anfang fünfzig vielleicht, ihr Haar

ist ganz platt gedrückt, und die Haut um ihre Nase herum hat eine seltsame Äderung, so wie rosa Minikrampfadern mitten im Gesicht sieht das aus, aber das ist mir egal. Ich würde es ihr jetzt wirklich gern besorgen. Genau so kommen mir die Worte in den Kopf: Ich würde es ihr jetzt wirklich gern besorgen, keine Ahnung, wieso. Meine Hände fangen beinahe zu zittern an, und ich bekomme kein einziges Wort heraus, und erst als der Motorradmann seine Frage wiederholt und sich sogar aus seinem Stuhl hochdrücken will, schüttle ich den Kopf und lächle ihn an. Dann deute ich auf den Tisch und frage, ob ich vielleicht das Telefon benutzen kann, um eine SMS zu schreiben. Gegen Bezahlung natürlich, sage ich, ziehe meinen Geldbeutel aus der Tasche und lege ein blitzblankes Zweieurostück vor ihn auf den Tisch. Der Mann sieht zuerst die Münze und dann mich an, und er tut das, als hätte er meine Gedanken erraten oder als wäre ich sonst irgendein Perverser, vor dem man sich in Acht nehmen muss. Bevor er aber etwas sagen kann, erkläre ich ihm, dass meine Mitfahrgelegenheit nicht gekommen ist und ich meiner Freundin unbedingt eine Nachricht senden muss, weil sie sich sonst Sorgen macht und vielleicht denkt, dass ich einen Unfall hatte. Ich habe keine Ahnung, wieso ich das alles sage, ich habe es mir vorher ja nicht eine Sekunde lang überlegt, aber es ist genau die richtige Entscheidung. Es hat mit der Sonne zu tun, die schon tief über den Baumwipfeln steht, und mit diesem elenden Tramperdasein und auch mit den Pornos irgendwie. Ich weiß plötzlich, dass ich heute überhaupt nicht mehr zu Johanna komme, sondern irgendwo bei Pfaffenhofen oder Neufahrn oder einem anderen oberbayrischen Kaff im Straßengraben übernachten muss, wenn ich weiter so verbissen versuche, nach München zu trampen. Darauf habe ich aber überhaupt keine Lust, und deshalb werde ich jetzt einfach nach Weiden fahren, was keine fünfzig Kilometer mehr von hier entfernt liegt, und von dort aus morgen früh den Zug zum Flughafen nehmen.

Während ich mir das alles ausmale und dem Mann dabei freundlich ins Gesicht lächle, hoffe ich inständig, dass mein eigenes Telefon nicht zu klingeln anfängt. Das könnte jederzeit passieren, weil es ja in meiner rechten Hosentasche steckt. Und die Konturen des Telefons, das weiß ich, ganz ohne hinzuschauen, zeichnen sich durch den Stoff genauso deutlich ab wie die Wölbung der Eichel in der Backe der Pornofrau. Zumindest fast so deutlich, bei der Frau hat man wirklich den Eindruck, als wären ihr gerade alle Weisheitszähne auf einmal gezogen worden oder als führte sie einen ausgestopften Hamster im Mund spazieren. Das Pärchen bemerkt die Ausbuchtung in meiner Tasche zum Glück aber nicht. Die beiden sehen sich nur sehr konzentriert an, so als müssten sie gerade die wichtigste Entscheidung ihres Lebens treffen, und nach einer halben Ewigkeit nickt der Mann träge mit dem Kopf. Die Frau drückt mir daraufhin das Telefon in die Hand, sie entriegelt sogar die Tastensperre für mich, und ich bedanke mich und schreibe Johanna eine SMS. Ich schreibe ihr, dass ich leider einen Auffahrunfall hatte und mein Mobiltelefon keinen Saft mehr hat und ich jetzt auch noch eine Zeugenaussage bei der Polizei machen muss und deshalb erst morgen zum Flughafen kommen kann. *Luv u* schreibe ich noch unter die Nachricht, weil es für *Ich liebe dich* noch eine dritte SMS gebraucht hätte, und das wäre schon wieder verdächtig. So viel zu erklären, dass man dafür drei Kurznachrichten benötigt, meine ich. Dann drücke ich auf Senden, und nachdem die Nachricht abgeschickt worden ist, gebe ich der Frau das Telefon zurück und laufe an den beiden vorbei durch die verglaste Schiebetür in das Restaurant hinein.

Innen, im Vorraum des Restaurants, ist es viel dunkler als draußen und angenehm kühl. An der Decke dreht sich ein Ventilator, und die Wände sind mit dunklem Holz verkleidet und schlucken das wenige Licht, das durch die Tür hereinfällt. In meinem Blickfeld schwirren ungefähr eine Million gelber Punkte auf und ab, und das Einzige, was ich in dem Gekrissel sofort klar und deutlich erkennen kann, ist ein ausgestopfter Hirschkopf, der vor mir an der Wand hängt. Der Hirschkopf ist auf Kopfhöhe angebracht, er sieht mir aus seinen trüben Augen mitten ins Gesicht, und sein Geweih ragt bestimmt einen Meter weit in den Raum hinein, sodass ich mir die Spitzen problemlos durch die Schläfen rammen könnte. Keine Ahnung, weshalb mir diese Selbstverstümmelungsfantasie jetzt in den Sinn kommt, vielleicht als eine Art Strafgericht, weil ich Johanna schon wieder so dumm angelogen habe. Vor ein paar Tagen habe ich mir noch geschworen, sie nur dann zu belügen, wenn es sich wirklich lohnt, und das ist schon das dritte oder vierte Mal, dass ich meinen Vorsatz breche. Vermutlich misstraut sie mir ohnehin schon. Sie hat ja mitgekriegt, dass ich Leni ihretwegen von vorne bis hinten beschissen habe, und der nächstliegende Gedanke ist da doch eigentlich, dass ich es mit ihr nicht anders machen werde. Die Menschen ändern sich ja nicht einfach von heute auf morgen, ich kenne zumindest keinen, der das tun würde, und so ein radikaler Charakterwandel ist bestimmt auch nicht gesund. Psychologisch gesehen, meine ich. Andererseits ist Johanna ein so optimistischer Mensch, dass sie gar nicht weiter über solche psychologischen Sachen nachdenkt, zumindest hat sie noch nie einen Gedanken in diese Richtung geäußert, und das ist eigentlich sehr schön von ihr. Trotzdem bin ich in solchen Dingen lieber vorsichtig. Selbst wenn sie nicht bewusst darüber nachdenkt, könnte unbewusst etwas in ihr arbeiten, und davor habe ich beinahe noch mehr Angst, weil diese inneren Bewegungen sich überhaupt nicht mehr kontrollieren und steuern lassen. Ich bin jetzt wirklich erleichtert, dass ich ihr die Nachricht nicht von meinem eigenen Telefon geschrieben habe, sondern das Pornopärchen gefragt habe. Aus lauter Sorge hätte sie mich wahrscheinlich zurückgerufen, und ich hätte ihr durch den Hörer den Eindruck vermitteln müssen, an irgendeiner Unfallstelle am Rand der Autobahn zu stehen. Ohne die Fahrgeräusche wäre das aber schwierig geworden, zumindest würde ich selbst Fahrgeräusche und Sirenen oder wenigstens ein paar hektische Stimmen im Hintergrund erwarten, wenn mir jemand so eine Geschichte erzählen würde, und eine solche Tonkulisse hätte ich beim besten Willen nicht herbeizaubern können. Da war meine Lösung schon besser, definitiv. Das Einzige, was mich beunruhigt, ist, dass ich die Nachricht nicht gleich wieder aus dem Speicher gelöscht habe. Solche Fehler passieren mir normalerweise nicht. Normalerweise beseitige ich alle Spuren immer tipptopp, und nicht einmal Inspektor Columbo oder sonst ein Superdetektiv hätte eine Chance, mir etwas nachzuweisen. Ich würde mit Sicherheit einen guten Kriminellen abgeben und vielleicht sogar einen raffinierten Mörder, und bei diesem Gedanken entspanne ich ein bisschen und sage mir, dass schon alles gut gehen wird. Selbst wenn die beiden da draußen meine Nachricht lesen, werden sie kaum bei Johanna anrufen, um die Geschichte aufzuklären. Ansonsten hätte ich es schon mit extrem fiesen Irren zu tun, und so kaputt haben die beiden trotz ihrer Pornosucht eigentlich nicht ausgesehen.

Während mir das alles durch den Kopf geht und mich dazu auch noch der Hirschkopf so unheimlich anstarrt, passiert mir etwas Eigenartiges. Und zwar kann ich für einen Moment gar nicht mehr nachvollziehen, weshalb ich das alles erfunden habe. Es muss ja einen Grund dafür gegeben haben, ich tue doch nie etwas ohne Grund, wenn ich mich nicht täusche. Ich will mir schon einreden, dass die Gewohnheit daran schuld war und vor allem diese oberbayrische Straßengrabenvision, aber das gelingt mir nicht. Damit habe ich ja nur versucht, mich selbst oder mein Gewissen oder so etwas Ähnliches auszutricksen. Mit so plumpen Täuschungsmanövern komme ich aber nie bei mir durch. Da fallen nur die anderen drauf herein, keine Ahnung, weshalb ich es überhaupt noch versuche. Wenn ich ehrlich bin, dann war ich einfach nicht in der Stimmung, mit Johanna zu sprechen, und vor allem war ich nicht in der Stimmung, heute Abend mit ihr und ihren Eltern in irgendeinem Münchner Restaurant zu sitzen und eine amüsante Unterhaltung zu inszenieren. Aber wenn Johanna mich am Telefon sehr lieb darum gebeten hätte, hätte ich sofort wieder alles umgeworfen und ihr versprochen, doch noch zu kommen. Ich verspreche sofort immer alles, wenn mich jemand um etwas bittet, und wenn es auch noch eine hübsche Frau tut, würde ich mich sogar mit einem selbst genähten Fallschirm vom Eiffelturm stürzen, um sie nicht zu enttäuschen. Das würde ich wirklich tun, das ist wie ein Reflex und zugleich ein echter Charakterfehler von mir, und in Zukunft werde ich mit aller Kraft dagegen ankämpfen und öfter Nein sagen, das schwöre ich mir.

Jetzt ist die Sache aber schon passiert, und so tragisch ist das Ganze auch wieder nicht. Vermutlich sind mir Johannas Eltern sogar dankbar für meinen Unfall. Diese Begegnungen zwischen den Eltern und dem Freund der Tochter haben ja immer etwas sehr Verkrampftes an sich, vor allem wenn es wie bei uns die erste Begegnung ist. Oder zumindest gewesen wäre, sie kommt ja Gott sei Dank nicht mehr zu Stande jetzt. Im Grunde habe ich uns also allen einen großen Gefallen getan, und weil man das wirklich so sehen kann, wische ich meine negativen Gedanken schnell wieder beiseite. Ich drehe mich auch von dem unheimlichen Hirschkopf weg, weil der ganz zweifellos eine ungute telepathische Kraft auf mich ausübt. Ohne den Hirsch, glaube ich, hätte ich etwas völlig anderes gedacht, irgendetwas viel Positiveres bestimmt. Und ich bin ja auch nicht hier hereingelaufen, um meine komplette Innenwelt zu ergründen, sondern wollte nur aufs Klo. Ich muss pinkeln, ziemlich dringend sogar, und außerdem muss ich mich im Spiegel betrachten, das habe ich schon seit Potsdam nicht mehr getan.

Ich schaue mich nach den Toiletten um, die hier ja irgendwo sein müssen, und entdecke sie auch gleich. Rechts von mir führt eine Tür in das Restaurant hinein, aber weiter links, über dem Treppenabgang, sind auf einem quadratischen Schild zwei schwarze Figuren abgebildet, eine weibliche und eine männliche, und zwischen den Figuren ist ein Pfeil,

der nach unten zeigt. Ich laufe dem Pfeil hinterher die Treppe hinunter, und als ich unten angekommen bin, bleibe ich
stehen und starre wie hypnotisiert zur Decke hoch. Dort
oben hängt nämlich ein weiteres Schild, es ist viel breiter als
das Kloschild und hat einen dunkelroten Hintergrund, und
in verschnörkelten schwarzen Buchstaben steht dort *XXX
EROTHEK XXX*. Etwas kleiner kann ich noch lesen *Video-
kabinen Nonstop-Programm – Pay per Minute*. Das Schild
weist einen schlecht beleuchteten Gang hinunter, und während ich dort hineinspähe, wird mir so manches klar. Ich
habe mich gerade ja noch gewundert, wieso das Motorradpärchen die Pornos so auffällig auf dem Tisch drapiert hat,
und jetzt begreife ich auch, warum. Die beiden haben sich
die Filme nämlich gerade eben erst gekauft. Haben sich einfach auf ihr Motorrad gesetzt und sind an den Autohof gefahren, um sich in der Erothek für das Wochenende einzu-
decken, und danach wollten sie ihren Kauf in aller Ruhe
noch einmal begutachten und genießen. In Mitterteich gibt
es zwar bestimmt auch eine Pornovideothek, aber da hätten
sie ja jemanden treffen können, den sie aus der Nachbarschaft oder von der Arbeit kennen, da ist der Autohof schon
der bessere Ort. Genau so haben die beiden sich das überlegt, und ich kann ihre Überlegungen auch ganz gut nachvollziehen. Mitterteich und die Gegend rundherum gehören
schon zur Oberpfalz, und deshalb weht hier so ein katholischer Geist übers Land, der den Pornokonsum nicht gerade
gutheißt. Ich weiß das aus eigener Erfahrung, weil ich durch
meine Großeltern auch katholisch geprägt worden bin, und
die drei Dinge, für die man aus Sicht meiner Oma ganz bestimmt in die Hölle kommt, sind Schweinefilme gucken,
schwul sein und die PDS wählen. Aus Sicht meines Opas

auch, aber der teilt seine Meinung nur noch selten mit, weil er inzwischen leider Alzheimer hat. Was die PDS und das Schwulsein angeht, so hat die Prägung bei mir auch funktioniert, ich hasse die Partei wirklich aus tiefster Seele und gehe konsequent und ausschließlich nur mit Frauen ins Bett, aber bei den Filmen hat sie auf ganzer Linie versagt. Ehrlich gesagt kann ich das Pärchen gerade sehr gut verstehen. Wenn ich kein Internet zu Hause hätte und so ein tristes Provinzleben führen müsste, würde ich vermutlich genau dasselbe tun wie sie. Und ob man das jetzt glaubt oder nicht: Ich würde das nicht nur tun, sondern tue es gerade. Ich laufe dem *EROTHEK*-Schild hinterher in den Gang hinein, gerade so wie die beiden eben oder wie früher der Roland, bevor er seine Svetlana getroffen hat. Es ist mir zugleich aber ein Rätsel, wieso die Erothek diese Anziehungskraft auf mich ausübt. Vielleicht weil ich noch nie in so einem Laden war und so Video- oder Wichskabinen bislang nur in Filmen gesehen habe. In *Die Klavierspielerin* zum Beispiel, und zwar in der Szene, wo sich die Frau mit ihren braunen Lederhandschuhen ein benutztes Taschentuch aus dem Kabinenabfalleimer zieht und unter ihre Nase hält, um den Spermageruch zu inhalieren. Das war schon eine beeindruckende Szene, die ich aber bestimmt nicht nachspielen werde, ich will ja bloß ein bisschen gucken. Und vielleicht, denke ich noch, als ich schon vor der Tür der Erothek stehe, kann ich mich hier sogar für ein Drehbuch inspirieren lassen. In Potsdam predigen sie uns ja ununterbrochen, dass ungewöhnliche Räume das Allerwichtigste für die filmische Atmosphäre sind, und diese Provinzerothek scheint mir gerade ein solcher Ort zu sein.

Ich warte noch zwei Sekunden, dann drücke ich die Klinke hinunter und gehe in den Laden hinein. Die Tür fällt mit einem leisen Schnappen zurück ins Schloss, und statt irgendetwas zu sehen, habe ich auf einmal ganz billigen Volksmusiktechno im Ohr, eine schmalzige Männerstimme, die andauernd *Die Sterne gehören uns allein* singt, und im Hintergrund stampft ein Bass mit mindestens zweihundert Schlägen pro Minute den Takt. Ich muss spontan an Après-Ski, Jäger Bull und verschwitzte Holländerinnen mit blonden Zöpfen denken, aber dann ziehe ich den schweren Vorhang beiseite, der eine Art Vorraum zwischen Tür und Laden geschaffen hat, und schaue mich in der Erothek um. Ich weiß nicht genau, was ich erwartet habe, jedenfalls bin ich enttäuscht. Der Laden erinnert mich einfach nur an eine x-beliebige Videothek, wie sie in Potsdam oder Weiden oder in sonst irgendeiner Stadt an jeder Straßenecke zu finden ist. Nur das Licht hier drinnen ist ein bisschen seltsam, es hat so einen leichten Rotstich, und in dem Regalgestell hinter der Kasse lagert ein Haufen Vibratoren in allen möglichen Größen, Formen und Farben zwischen so seltsamen Vakuumsaugpumpen, batteriebetriebenen Kunststoffmuschis, Mundknebeln und Gesichtsmasken aus dehnbarem Latex und anderem in durchsichtige Plastikhüllen verpackten Sexspielzeug. An den Wänden sind überall Metallschienen angebracht, in denen ungefähr eine Million Filme stehen, eine einzige bunte Pornotapete ist das, und ganz hinten macht der Raum einen Knick, und da geht es wahrscheinlich zu den Wichskabinen. Da hinten steht auch die Bedienung oder Kassiererin oder wie man die Frau hier nennen soll und sortiert Filme in die Halterungen ein. Sie hat langes schwarzes Haar und trägt einen schwarzen Lederminirock und sieht kein einziges Mal in meine Richtung, wofür ich ihr unendlich dankbar bin. Wenn sie mich angesprochen hätte, hätte ich ihr bestimmt erzählt, dass ich gar kein echter Kunde bin, sondern Filmwissenschaftler und mich nur zu Recherchezwecken hier aufhalte, und dabei hätte sie den letzten Funken Respekt vor mir verloren. Obwohl ich tatsächlich kein echter Kunde bin, aber das ist der Frau bestimmt herzlich egal. Sie hat ja andauernd mit irgendwelchen Perversen zu tun, die ihr die abstrusesten Geschichten erzählen, um von ihren wahren Absichten abzulenken.

Gerade im Moment sind die Perversen aber anderswo. Ich bin mit der Frau allein im Raum, da sind tatsächlich nur sie und ich und ungefähr eine Milliarde obszöner Gedanken in meinem Kopf. Das heißt, so obszön sind meine Gedanken nicht einmal. Obwohl die Frau völlig akzeptabel aussieht, habe ich keine besondere Lust, mit ihr zu schlafen oder irgendwie sexuell zu werden. Und das, obwohl ich fast immer sexuelle Szenen im Kopf habe, wenn ich mit Frauen zu tun habe, an der Filmhochschule, an der Kasse im Supermarkt, in irgendwelchen Kneipen und auch überall sonst. Wie eine Sucht ist das, und ich frage mich schon, ob ich mir deshalb Sorgen um mich machen sollte, aber dann sage ich mir, dass es ja allen Leuten so geht. Zumindest allen Männern. Über die Frauen weiß ich leider nicht so genau Bescheid, weil die ein wenig anders funktionieren, wenn man den ganzen Untersuchungen glauben will, die es im Internet und sonst überall zu lesen gibt. Irgendwie subtiler oder komplexer vielleicht, und das kommt mir auch logisch vor, weil die besseren Menschen sind sie ja auf jeden Fall.

Jedenfalls schlendere ich jetzt an den Pornowänden entlang, schaue mir die Cover der Filme an und lese mir die aberwitzigen Titel durch. Ich grinse dabei stupide vor mich hin, so als wäre ich wieder elf oder zwölf und müsste andauernd Fäkalwörter durch die Gegend schreien und hinter dem Rücken der Passanten irgendwelche obszönen Gesten fabrizieren. Eine echte Rückentwicklung ist das, was ich gerade erlebe, aber zugleich ist es auch befreiend. Außerordentlich befreiend, um ehrlich zu sein. Dann, keine drei Schritte von der Bedienung entfernt, komme ich zu einem kleinen Wühltisch, wo es keine DVDs, sondern tatsächlich noch Videokassetten zu kaufen gibt. Als ich zwischen den Bändern herumstöbere, bemerke ich, dass viele Filme schon richtig alt sind, zehn oder fünfzehn Jahre alt vielleicht. Die Farben auf den Schutzhüllen sind bereits verblichen, und viele Schauspielerinnen haben Frisuren, wie es sich heutige Pornodarstellerinnen gar nicht mehr erlauben könnten. Blondierte Dauerwellen und auftoupierte Ponys, und die Männer tragen noch Schnauzbärte und Vokuhilas, und einer hat sogar einen Blaumann an und hält eine Rohrzange in der Hand, weil er der beliebteste Klempner der gesamten Nachbarschaft ist. Im Vergleich zu den DVD-Motiven wirkt das alles sehr freundlich, so als wären das Pornos für Kinder und Jugendliche, also ganz naive und harmlose Pornos, als wäre der Sex und alles nur gespielt, jedenfalls nicht so klinisch glatt und brutal wie die heutigen Filme, wo den Frauen am Schluss gleich von sechs Schwänzen ins Gesicht gespritzt werden muss, damit es noch jemanden interessiert. Wenn ich in Potsdam vor dem Computer sitze, suche ich mir natürlich auch diese harten Motive, aber ich würde es lieber nicht tun. Ich würde mich viel lieber zu so netten Bildern

befriedigen als zu dieser deprimierenden Leistungsporno-
grafie, die in den letzten Jahren um sich gegriffen hat und einen jedes Mal wieder völlig abgelöscht vor dem Bildschirm
zurücklässt. Ich frage mich, wie es zu dieser unguten Entwicklung gekommen ist und wer sich damit überhaupt noch
identifizieren soll, aber dann werde ich abgelenkt. Zwischen
Das Hotel der Nymphomaninnen und *Ekstase Girl 7* entdecke ich nämlich einen Film, den ich kenne. Ich kann es
kaum glauben und ziehe die Kassette schnell aus dem Stapel
heraus, und tatsächlich: Ich halte *Spermarados* in der Hand.
Das Cover zeigt eine schwarzhaarige Frau in Strapsen und
Rüschenkorsett, die auf allen vieren auf einem breiten Bett
kniet und ihre geöffnete Scheide mitten ins Bild hinein-
spreizt. Sie hat den Kopf gedreht und schaut dem Betrachter
über ihren Rücken hinweg anzüglich ins Gesicht, und über
ihrem rot geschminkten Mund ist ein dunkles Muttermal
aufgezeichnet, so wie es Westernfrauen öfter haben. Hinter
ihr, am Bettende, steht ein stark behaarter Mann mit zer-
zaustem Backenbart und einem steifem Penis, der ein paar
Zentimeter vor der Scheidenöffnung in der Luft schwebt.
Der Mann steht nur in Cowboystiefeln und Pistolengurt da,
er hat seine linke Hand lässig in den Nacken gelegt und die
rechte auf die Taille der Frau, und auf dem Cover steht:
SPERMARADOS und als Untertitel: *Ihre Colts sind immer
geladen, und sie versäumen keinen einzigen Schuss.*

Damit, dass ich *Spermarados* hier entdecke, habe ich wirklich nicht gerechnet, und umso mehr freue ich mich. Neben
Der kleine Lord, der *Matrix*-Trilogie und der BBC-Verfil-
mung von *Pride & Prejudice* mit der zauberhaften Jennifer
Ehle in der Hauptrolle ist *Spermarados* definitiv der Film,

den ich in meinem Leben am häufigsten gesehen habe. Zehn- oder fünfzehnmal waren es bestimmt. Simon hat ihn irgend- wann aus dem Videoregal seines Judotrainers geklaut, und wir haben ihn dann immer, wenn unsere Eltern nicht zu Hause waren, in den Rekorder geschoben. Wir waren unge- fähr zwölf damals, und mit *Spermarados* hat unsere Freund- schaft im Grunde erst angefangen. Das war das erste echte Geheimnis, das wir geteilt haben, die erste Erfahrung, die allein uns gehört hat und nichts mit der Schule oder den El- tern oder dem Sportverein zu tun hatte, und erst hinterher kamen die Partys und die Drogen und diese fanatische Her- mann-Hesse-Anbetung und alles andere, was damals von Bedeutung war. Mein Gott, war das eine gute Zeit! Wie Leuchtkugeln schießen mir die Erinnerungen im Kopf he- rum, hunderte von Bildern und gemeinsamen Momenten, und plötzlich erinnere ich mich auch wieder daran, wie wir den Videorekorder von Simons Eltern im Fluss versenkt haben. Am helllichten Tag haben wir ihn von der Stadtpark- brücke in die Waldnaab geschmissen und zugesehen, wie das Gerät mit einem leisen Gurgeln von der braunen Wasser- oberfläche verschluckt wurde. Am Schluss waren nur noch ein paar dünne Blasen auf dem abfließenden Wasser zu se- hen, und der Videorekorder lag irgendwo tief unten auf dem Grund, und da liegt er vermutlich immer noch. Wir haben den Rekorder damals in den Fluss geschmissen, weil das Videolaufwerk das *Spermarados*-Band gefressen hat und wir die Kassette auf Teufel komm raus nicht mehr aus dem Schacht bekamen. Um das Ganze zu vertuschen, haben wir am selben Nachmittag sogar noch versucht, bei *Elektro Hösl* einen neuen Rekorder zu klauen, und dabei wurden wir er- wischt. Das heißt, eigentlich wurde nur Simon erwischt. Als

58

sie ihn festgehalten haben, bin ich hinter dem Rücken der Verkäuferinnen blitzschnell aus dem Laden gerannt, und obwohl Simon eine Weile sehr schlecht auf mich zu sprechen war, hat er mich nicht verraten. Er hat geschwiegen wie ein Grab und den ganzen Ärger alleine auf sich genommen, und dann, als ich schon die Hoffnung aufgeben wollte, hat er mir verziehen. Hat sich einfach vor mich hingestellt, mich aus seinen dunklen und ungemein wachen Augen angesehen und gesagt, dass ich nie mehr so eine feige Aktion bringen soll. Ich habe ihm das sofort versprochen, beim Leben meiner Mutter sogar, aber er hat abgewinkt, seine linke Hand lässig in den Nacken gelegt und mir die rechte hingestreckt. Er hat sich wirklich sehr anständig verhalten damals, und genau diese Situation charakterisiert ihn als Menschen auch insgesamt: Er ist jemand, der einem verzeihen kann, und wenn er einem verziehen hat, ist die Sache ein für alle Mal erledigt und aus der Welt. Da gibt es nur ganz wenige Leute, die so sind: die einem wirklich verzeihen und später nicht bei jeder Gelegenheit so hinterfotzige Andeutungen machen und einen spüren lassen, dass sie in Wahrheit doch noch tief gekränkt und maßlos verbittert sind. Außer Simon kenne ich eigentlich keinen einzigen solchen Menschen. Während ich mir das überlege, wird mir richtig warm im Bauch. Er ist wirklich der treuste und beste Freund, den ich habe, und das muss ich ihm unbedingt wieder einmal sagen. Das habe ich schon viel zu lange nicht mehr getan.

Weil ich mich in dieser Beziehung bestens kenne und es bestimmt gleich wieder vergessen werde, schiebe ich es keine Sekunde länger auf. Ich ziehe mein Telefon aus der Tasche und wähle seine Nummer. Es tutet ein paarmal, dann knackt

es im Hörer, aber statt Simon meldet sich nur eine automa-
tische Frauenstimme und sagt, dass der gewünschte Teil-
nehmer vorübergehend nicht erreichbar ist. Ich warte den
Signalton ab, und dann erzähle ich Simon von der Erothek
hier und von *Spermarados* und meinen ganzen intensiven
Gefühlen für ihn. Zum Schluss sage ich noch, dass ich ihn
unbedingt bald wieder sehen möchte, am besten heute noch.
Und das könnte sogar klappen, es sind ja Semesterferien,
und da ist er vielleicht nach Hause zu seinen Eltern gefahren.
Ich hoffe es sehr, weil so ein Abend mit ihm das Schönste ist,
was ich mir vorstellen kann. Ich weiß genau, was wir tun
würden. Wir würden an einen der zahllosen Baggerseen hi-
nausfahren und ein Feuer machen, und dann würden wir
dort im Schein der Flammen am Ufer liegen, ein paar Sixpacks leeren und uns über Gott und die Welt unterhalten.
Ich kann das alles vor mir sehen: die aufstiebenden Funken
über den Flammen, die flackernden Schatten im Schilf und
den orangefarbenen Feuerschein über dem See, ich kann das
Knacken der Glut hören und das Quaken der Frösche im
Uferstreifen; ich spüre sogar die kühle Nachtluft auf meiner
Haut, und obwohl ich es ein wenig seltsam finde, inmitten
dieser Pornowände diese intensiven Freundschaftsgefühle
zu bekommen, bin ich sehr dankbar dafür. Ich möchte ja
insgesamt mit etwas mehr Liebe an die Welt und an die
Menschen denken, jedenfalls an die Menschen, von denen
ich glaube, dass sie mir etwas bedeuten. Mein kleiner Bruder zum Beispiel und eben auch Simon und Johanna und
Leni sowieso. Letztes Sylvester habe ich mir das sogar offiziell vorgenommen. Auf einen Zettel habe ich geschrieben:
*Believe in yourself / Write a movie / Think friendlier about
people.* Keine Ahnung, weshalb ich die Sachen auf Englisch

notiert habe, vielleicht weil sie sich auf Deutsch so völlig verkorkst anhören, jedenfalls liegt der Zettel noch immer in einer Schreibtischschublade in Potsdam herum. Zwei Tage lang hing er sogar über dem Schreibtisch an der Wand, aber dann kamen ein paar Leute von der Filmhochschule zu Besuch, darunter der Ludek Stepanek, so ein talentierter polnischer Regiestudent, den ich hasse bis aufs Blut, und ich habe den Zettel schnell in der Schublade versteckt. Ich weiß nicht, was sich der Stepanek beim Anblick des Zettels gedacht hätte, irgendetwas Abfälliges über meine Person bestimmt, und den Triumph wollte ich ihm unter keinen Umständen gönnen.

Jedenfalls stecke ich mein Mobiltelefon wieder in die Tasche zurück und denke darüber nach, ob ich Simon den *Spermarados*-Film nicht vielleicht schenken könnte. Als späte Entschädigung für diese feige Aktion damals, und natürlich als Witz irgendwie. Ich drehe die Kassette zwischen den Händen hin und her, und gerade als ich mich entschieden habe, es doch nicht zu tun, fängt es in der Schläfengegend zu kribbeln an. Von einer Sekunde auf die andere passiert das, so als liefen unter meiner Haut Termiten entlang, und das hat auch einen Grund. Die Bedienung geht eilig an mir vorbei in Richtung Kasse, und als ich ihr aus den Augenwinkeln hinterherschiele, bemerke ich, dass gerade ein ziemlich großer Typ den Laden betreten hat. Der Typ hat ein buntes Hemd an und trägt eine Sonnenbrille im Gesicht, und als er so vage in meine Richtung schaut, trommelt mein Puls plötzlich mit dem Technobass um die Wette. Er überholt ihn sogar. Ich erkenne den Typen nämlich. Das heißt, ich glaube ihn zu erkennen. Wegen der verfluchten Brille bin ich mir nicht sicher, aber es müsste schon mit dem Teufel zugehen, wenn das nicht der Turowski ist, dieser versoffene Fassbinderspezialist aus Potsdam, bei dem ich letztes Semester ein Seminar hatte. Ich sage mir, dass es unmöglich der Turowski sein kann, weil er hier in der Gegend ja nichts verloren hat, aber dann fällt mir ein, dass er mal was von den Hofer Filmtagen erzählt hat. Dass er da in einer verfickten Jury sitzt oder so. Oder war das der Luthard mit dieser Juryconnection? Oder der Fassbinder selbst? Ich kriege es absolut nicht zusammen, wer wem irgendwann vielleicht irgendwas erzählt hat, und es ist mir auch scheißegal. Hauptsache, der Turowski oder sein Zwillingsbruder oder wer auch immer da vorne steht entdeckt mich nicht. Was soll denn der von mir denken! Er selbst würde wahrscheinlich noch behaupten, dass er nach irgendwelchen Filmen für seine versauten Seminare sucht, aber ich stünde wie der letzte Perverse da und wäre ihm auf Gedeih und Verderb ausgeliefert. Das versoffene Schwein, denke ich noch und laufe dabei wie ein Besessener zu den Wichskabinen. Die sind tatsächlich dort um die Ecke, zwei Stück nebeneinander, strahlend weiß und so groß wie Dixieklos, und sie sind beide frei. Ich laufe in die linke Kabine hinein, ziehe die Tür mit einem Ruck hinter mir zu und gebe keinen Mucks von mir. Der verfluchte Turowski, denke ich nur immerzu, während ich mich auf den weißen Plastikhocker fallen lasse und lausche. Ich presse sogar mein Ohr gegen die Tür und spüre das kühle Plastik auf meiner Haut, und dann springt plötzlich der Monitor an, der ein Stück weiter oben an der Kabinenwand montiert ist. Ich habe wirklich keinen Knopf gedrückt und auch sonst nichts getan, der Monitor springt trotzdem an, und der Porno steigt sofort ein, ohne Vorgeschichte und alles. Ein ganz hartes Gangbangszenario mit mindestens zwanzig Darstellern ist das, und das Gestöhne und Geschmatze kann ich hören, ohne die Kopfhörer aufgesetzt zu haben. Die hängen vor mir in einer Halterung an der Wand, darunter steht der Abfalleimer, und daneben liegt ein Stapel schneeweißer Papierhandtücher. Ich klappe den Abfalleimer auf und stopfe die Kopfhörer hinein, drücke sie tief in das klebrige Papier, sodass die Geräusche alle verschluckt werden, und obwohl mir aus dem geöffneten Eimer jetzt der bösartigste Spermageruch entgegenschlägt, muss ich grinsen wie blöd. Ich stelle mir vor, wie der nächste Kunde hier die Hörer über seinen Kopf stülpt und ihm dann die Soße von irgendeinem russischen Fernfahrer in die Ohrmuscheln tropft. Damit hat der Kunde bestimmt nicht gerechnet, und in Zukunft betritt der nie wieder so eine Kabine, soviel steht fest. Da habe ich wirklich ein gutes Werk getan. Dann wird die Lage aber brenzlig. Draußen kommen Schritte näher, schwere, feste Schritte, und die sind definitiv nicht von der Bedienung, sondern von dem Turowskiklon. Ich greife nach dem Türknauf und halte ihn mit aller Kraft fest, und dabei schicke ich ein Stoßgebet los. Gott, lass ihn nebenan wichsen, flüstere ich, bitte, Gott, nebenan. Keine Ahnung, ob Gott seine Finger im Spiel hat, der Typ geht jedenfalls tatsächlich nach nebenan. Er zieht die Tür auf, und eine Sekunde später spüre ich schon die Vibration seiner Schritte auf dem Boden. Die Kabinen sind offenbar nur durch eine dünne Zwischenwand getrennt, weil ich jetzt sogar das Klacken der Gürtelschnalle höre. Dann zippt ein Reißverschluss, es raschelt ein bisschen, und danach wird es still. Totenstill. Ich glaube, der Turowski fängt jetzt an. Der legt jetzt los da drüben, aber so richtig, die Zwischenwand fängt nämlich zu zittern an. Ich warte noch ein paar Sekunden, sehe noch, wie oben auf dem Monitor ein unterarmdicker Penis ins Bild gezoomt wird, auf dessen Spitze sich die Zungen zweier auf dem Boden kniender Blondinen kreuzen, dann stoße ich die Tür auf und springe aus der Kabine heraus. Ich schaue nicht nach links und nicht nach rechts und zurück schaue ich gleich dreimal nicht. Ich laufe an den Pornowänden entlang geradewegs auf den Ausgang zu. Ich bin auch schon fast bei dem roten Vorhang, ich strecke schon meine Hand danach aus und will ihn beiseiteziehen, als sich plötzlich die Bedienung vor mir aufbaut. Sie stellt sich breitbeinig vor mich hin, hält dabei ihre rechte Hand in die Luft und reibt wie besessen mit der Kuppe des Zeigefingers an ihrem Daumen entlang und dann sagt sie sehr aggressiv: Pay per minute, Junge, vier Euro fünfzig macht das. Ich stelle keine Fragen, sondern ziehe sofort meinen Geldbeutel aus der Tasche und halte ihr einen Schein vors Gesicht. Es ist ein brauner Schein, ein Zehner oder ein Fünfziger vielleicht, ich kann es wirklich nicht sagen. Ich sehe nur die gekrümmten Finger mit den weiß lackierten Nägeln, die noch immer diese Money-Money-Geste machen, und muss daran denken, dass die ganzen Kabinenmänner der Frau die Scheine mit genau derselben Hand geben, mit der sie zuvor noch ihre Eichel massiert haben, und dass es in dem Laden noch nicht einmal ein Waschbecken gibt. Da ist wirklich keines, kein Waschbecken und kein Stück Seife, nirgendwo. Und die Frau, die hat keine Handschuhe an, noch nicht einmal diese Dieselhandschuhe, wie es sie oben an den Zapfsäulen gibt, und die könnte sie doch tragen. Zu ihrem eigenen Besten. Und zu meinem Besten außerdem. Weil irgendwelches Wechselgeld möchte ich niemals von ihr in die Hand gedrückt bekommen. Nicht für tausend Euro möchte ich das, das schwöre ich. Stimmt so, sage ich deshalb mit brüchiger Stimme, und dann laufe ich blitzschnell an ihr vorbei aus dem Laden heraus.

4

Oben, in der wirklichen Welt, ist noch alles genauso wie zuvor. Wirklich genauso wie zuvor. Der Ventilator dreht sich an
der Decke, und der Hirschkopf hängt an der Wand, und sogar die Fernfahrer lungern noch draußen an den Tischen herum. Nur die Sonne ist inzwischen hinter den Baumwipfeln
verschwunden, und auch das Motorradpärchen sitzt nicht
mehr an seinem Platz. Sonst hat sich aber nichts verändert,
und das ist unfassbar eigentlich. Es kommt mir nämlich so
vor, als hätte ich zehntausend Jahre in der Erothek verbracht. Zehntausend Jahre mindestens. Wenn jetzt ein paar
Außerirdische mit Laserkanonen oder sogar die Westernfrau
aus Spermarados selbst aus den Büschen brechen würden,
wäre überhaupt nichts dabei. Ich würde mich wirklich nicht
darüber wundern, nicht einen Deut. Allerdings würde ich
mich nie darüber wundern, um ehrlich zu sein. Ich glaube
ja ganz grundsätzlich, dass immerzu alles passieren kann,
Außerirdische und Westernfrauen und auch, dass plötzlich
ein glimmendes Tor auftaucht, und wenn man durchgeht,
kommt man in einer Parallelwelt raus. Das beruhigt mich ungemein, dieses Tor meine ich. Ich würde nämlich sofort
durchgehen. Ich würde durchgehen, ohne mit der Wimper
zu zucken, weil auf der anderen Seite wäre ich ein strahlender
Held und würde mein vorbestimmtes Schicksal erfüllen. So

wie Neo oder der Terminator oder wie Bastian Baltasar Bux vielleicht. Das sage ich nicht nur, weil ich gerade drei Obstler gekippt habe, das meine ich ernst. Ich bin wirklich der Typ für eine solche Aktion. Die Obstler habe ich aber trotzdem gekippt. In der Gaststätte gleich am Tresen habe ich das getan. Ich musste mir unbedingt diese Money-Money-Finger und den unheimlichen Turowski aus dem Schädel spülen, und da hilft Schnaps am allerbesten. Drei Kurze schnell hintereinander in den Rachen gekippt, und sofort ist alles wieder gut. Das ist Dermatop für die Seele, vor allem wenn man die Schnäpse auf nüchternen Magen kippt, und genau das war der Fall. Ich habe ja heute noch nichts gegessen und werde das auch so schnell nicht mehr tun. Zwei Wochen lang mindestens nicht. Die Kabine hat mir nämlich den Appetit verdorben, nachhaltig. Unten, auf den Toiletten, habe ich zwar eine halbe Ewigkeit lang meine Hände unter das heiße Wasser gehalten, aber der ganze süßliche Seifenduft macht die Keime trotzdem nicht weg. Die kleben ja in meiner Kleidung und in meinen Haaren, und wenn ich Pech habe, bekomme ich jetzt einen sehr tückischen Ausschlag oder sogar die Syphilis.

Zunächst einmal bekomme ich aber etwas anderes, sogar etwas viel, viel Besseres. Und zwar bekomme ich die Chance, hier zu verschwinden. Als ich bei dem Wirt die Obstler bezahlt habe und aus der Gaststätte wieder ins Freie laufe, sehe ich, dass vorne bei den Mülleimern ein Kastenwagen parkt. Der Kastenwagen ist uralt und überall bunt bemalt, auf der Kühlerhaube und an den Türen prangt eine Unzahl von Blumen und Sternen und alptraumhaften Fantasieinsekten, und auf das Dach ist tatsächlich eine Sonne gemalt. Den

Fahrer kann ich nirgendwo entdecken, ich fange aber trotz-dem sehr warm zu lächeln an, weil diese Schmierereien ein gutes Zeichen sind. Da hat sich jemand ganz offiziell zur Mitmenschlichkeit verpflichtet, in allen Farben des Regen-bogens, und das nutze ich jetzt aus. Ich stelle mich direkt ne-ben den Kotflügel, ich lehne sogar meinen Rucksack gegen das bemalte Blech und pfeife lässig vor mich hin, und keine zwei Minuten später entdecke ich die Fahrerin auch. Das heißt, eigentlich entdeckt sie mich. Hinter mir kurbelt plötz-lich jemand die Scheibe hinunter und fragt, ob ich bis Re-gensburg mitfahren will. Das Mädchen, das mich das fragt, hat dichte, braune Locken und ein großes, rundes Gesicht mit ungefähr drei Millionen Sommersprossen darin. Sie sieht wirklich sehr hilfsbereit aus, wie eine engagierte Kin-dergärtnerin oder eine gute Oberpfälzer Krankenschwester, und als sie meinen erschrockenen Blick bemerkt, lacht sie und sagt, dass sie Patrizia heißt und zwei Katzen hat, Kalyp-so und Penelope. Ich habe keinen Schimmer, wovon sie spricht, ich weiß nur, dass Patrizia offenbar hexen kann, weil sie vorhin definitiv noch nicht hinter dem Steuer saß. Ich steige aber trotzdem in den Wagen, und als ich neben ihr auf dem zerschlissenen Polster sitze und mich umschaue, be-greife ich ihren Spruch. Hinten, auf der Ladefläche, die durch einen braunen Stofffetzen von den Vordersitzen abge-trennt ist, liegen eine abgewetzte Matratze und ein Bundes-wehrschlafsack, und auf dem Schlafsack steht ein Katzen-korb aus Bast. Vorne, in der geöffneten Luke, kauern zwei völlig ausgemergelte Katzen und schauen mich aus ihren gelben Augen sehr feindselig an. Das müssen Kalypso und Penelope sein, und vermutlich hat Patrizia die vorhin gefüt-tert, deshalb habe ich sie nicht gesehen.

Ich sage zu Patrizia, wie hübsch ich die Katzen finde und dass ich früher auch mal eine hatte, und dabei hoffe ich inständig, dass die nicht plötzlich zwischen den Sitzen nach vorne klettern und ich sie irgendwie streicheln muss. An sich kann ich Katzen eins a leiden, viel besser als Hamster und Hunde und dergleichen, aber die beiden da hinten wetzen ununterbrochen ihre knochigen Köpfe gegen den Lukenrand, so als säßen ihnen ganze Flohbataillone im Fell. Ich frage Patrizia, ob die Katzen aus Griechenland sind – genau so fertig sehen sie nämlich aus –, aber sie legt bloß einen Finger auf ihre Lippen und sagt mit einem seltsamen Lächeln, dass sie mir schon viel zu viel verraten hat. Dann greift sie auf die Ladefläche, zieht eine Digitalkamera hervor und richtet sie auf mein Gesicht. Ohne jede Ansage frontal auf mein Gesicht. Sie klappt das Display auf und fummelt an dem silbernen Zoomhebelchen herum, und während ich mich nach Kräften bemühe, ihr das Ding nicht aus der Hand zu schlagen, bittet sie mich, laut und deutlich meinen Namen, mein Alter und meine Tätigkeit zu sagen. Und danach soll ich genau dreißig Sekunden lang erzählen, was mein erster Eindruck von ihr ist. Ich soll dabei aber nicht überlegen, sondern völlig spontan und authentisch sein, wie bei einem Selbstgespräch im Wald. Das Ganze, erklärt sie mir, ist Teil ihres Kunstprojekts, und das heißt: *Patrizia Who – First impressions about me, myself and I.* Sie sagt noch, dass sie auf keinen Fall beleidigt sein wird, egal, was ich über sie sage, dann drückt sie auf den Aufnahmeknopf, und ich schaue wie ein verurteilter Kriegsverbrecher in die geschliffene Linse hinein. Ich habe nicht die leiseste Ahnung, was Patrizia jetzt von mir hören möchte, und vor allem frage ich mich, was sie selbst auf dem Display eigentlich sieht. Da zeichnet sich ja jede Pore meines Gesichts in Großaufnahme ab, die Poren werden da sogar gespeichert, und das kann ich auf den Tod nicht ausstehen. Irgendwo gespeichert zu werden, meine ich.

Ich reiße mich aber zusammen und sage spontan, dass ich Ludek Stepanek heiße, fünfundzwanzig Jahre alt bin und gerade meinen ersten Spielfilm drehe. Ich erzähle Patrizia, dass ich sie für eine sehr engagierte Tierärztin mit ausgeprägter künstlerischer Begabung halte, die in ihrem Leben schon weit herumgekommen ist. Nicht nur in Europa, sondern auch in Südamerika und vielleicht sogar in Asien, sage ich, und hintendrein schicke ich noch was von kreativer Ausstrahlung und überwältigender Menschenkenntnis und so weiter. Während ich diesen Unfug erzähle und dabei hauchfein den Geruch von frischer Katzenpisse in die Nase bekomme, denke ich aber an etwas anderes. Ich denke an Leni, und dass sie in ihrem Studium auch immer so eigenartige Projekte macht. Sie studiert Kulturwissenschaften in Hildesheim, *Kulturwissenschaften und ästhetische Praxis*, um genau zu sein, und das heißt so aberwitzig, weil es der kompromissloseste Hippiestudiengang ist, den es auf dieser Welt gibt. Man kann dort wirklich anstellen, was man will – Kresseskulpturen züchten, sich bei der Achselenthaarung filmen oder im Chor die E-Mails der Exfreundinnen von der Bühne brüllen –, solange man hinterher auch nur drei halbwegs gerade Sätze darüber schreibt, regnet es Punkte wie Frösche in *Magnolia*. Hätte man mir das bloß erzählt, ich hätte lauthals gelacht, aber ich habe es mit eigenen Augen gesehen. Ich war ja bestimmt ein Dutzend Mal dort, in Hildesheim, und Leni zuliebe habe ich sogar bei einem ihrer Projekte mitgemacht. Es hieß *Zukunftsklänge* oder *Zukunftszwänge* oder so ähnlich, jedenfalls hat Leni ein paar Freundinnen zu sich eingeladen, Risotto gekocht, und nach dem Essen haben wir uns dann bei laufendem Rekorder über unsere Zukunft unterhalten. Ich war der einzige Typ in der Runde, und vor allem war ich auch der Einzige, der seine Zukunft sehr positiv beurteilt hat. Lenis Freundinnen dagegen sind mit jeder Flasche Wein nüchterner geworden und haben immerzu vom Arbeitsmarkt und von ihren heillosen Fernbeziehungen gesprochen. Richtig depressiv waren die zum Schluss, so dass man die Zukunftsangst in der Luft beinahe hätte schneiden können. Mich hat diese Stimmung aber gar nicht weiter gestört, im Gegenteil. Ich habe es sogar genossen, von so viel weiblicher Zukunftsangst umgeben zu sein, das hat mir ein intensives Gefühl von Freiheit verschafft. Das habe ich Leni aber verschwiegen. Ich habe sie nur in den Arm genommen und gesagt, dass wir beide die Zukunft schon schaukeln werden. Du und ich, habe ich gesagt, das wäre doch gelacht! Ich habe das getan, weil Leni selbst sehr große Furcht vor der Zukunft und vor jeder Art von Veränderung hat, und auch wenn das vielleicht etwas seltsam klingt: Das finde ich wunderschön von ihr. Weil man sich deshalb auf sie verlassen kann und immer genau weiß, woran man bei ihr ist. Vor allem weiß man auch, dass sie nicht zu diesen Menschen gehört, die sich so link nach oben boxen wollen und dafür ihre Prinzipien und alten Freunde im Handumdrehen zum Teufel jagen. Die Leni bleibt sich treu, sich und ihrer Vergangenheit und all den Menschen darin, und das ist ein sehr feiner Wesenszug, den ich aufrichtig an ihr bewundere.

Das tue ich wirklich. Ich überlege mir sogar, diese Beständigkeit oder Treue oder wie man das auch immer nennen will der Patrizia anzudichten, als krönenden Schlusspunkt gewissermaßen, aber dafür ist es leider zu spät. Meine dreißig Sekunden sind um. Patrizia drückt wieder auf den Aufnahmeknopf, klappt das Display zu und schiebt die Kamera auf die Ladefläche zurück. Dann legt sie den Gurt an, startet den Motor und fährt los. Sie lenkt den Wagen im Schritttempo über den Parkplatz und sagt kein einziges Wort dabei. Sie überhört sogar das erbärmliche Maunzen, das jetzt von hinten kommt, fast schon ein Wimmern eigentlich. Sie schaut einfach nur zur Scheibe hinaus, nicht gerade beleidigt, aber auch nicht besonders glücklich, und erst als wir den Autobahnzubringer hochfahren, kommt ihr Lächeln zurück. Sie bedankt sich herzlich für meine Offenheit, dann zupft sie in ihren Locken herum und sagt, dass ihr ein bisschen komisch zumute ist, weil sie noch nie zuvor so gut eingeschätzt worden ist wie eben von mir. Sie erzählt mir, dass sie zwar nicht Tier- sondern Humanmedizin studiert, aber in genau dem Dilemma steckt, das ich sofort erkannt habe. Obwohl sie die Medizin und vor allem die Naturheilkunde unglaublich spannend findet, hat sie trotzdem den Eindruck, das Falsche zu tun. Sich in einem falschen Leben einzurichten sogar, weil das Einzige, woran sie mit ganzem Herzen glaubt, ihre Kunstprojekte sind und das Reisen und die kreative Arbeit insgesamt. Ich nicke ein paarmal und sage, dass ich sie zu zweihundert Prozent verstehen kann. Ich ermuntere sie sogar, sich das mit der Medizin noch mal zu überlegen. Auf die innere Stimme, sage ich, sollte man unbedingt hören. Patrizia sagt, dass sie das genauso sieht und sich deshalb auch nach Alternativen umgetan hat. Im Frühjahr hat sie sich sogar bei ein paar Medienkunsthochschulen beworben, und zwar in Weimar, Karlsruhe, Köln und Potsdam. Mit dem Impressions-Projekt, sagt sie noch, und ich schaue komplett sprachlos zu ihr hinüber und strecke beide Daumen in die Luft. Dick und rund und wie abgelöst stehen die plötzlich vor der verdreckten Windschutzscheibe, und das Einzige, was mir einfällt, ist, Patrizia zu erzählen, wie toll ich Karlsruhe finde. Die schönste Stadt Deutschlands, sage ich, und die wärmste außerdem. Als ich auch noch mit den Parkanlagen anfange, sagt Patrizia, dass sie mir das gerne glaubt, aber in Karlsruhe leider abgelehnt wurde. Genauso wie in Köln und Potsdam. Nur in Weimar ist sie genommen worden, und da kommt sie jetzt auch her, aus Weimar, von der Wohnungssuche. Sie sagt noch was von Kohleofen und Etagenklo, aber ich höre nicht mehr hin. Astrein, brülle ich, und: Weimar rules, und schlage ihr mit der flachen Hand auf die Schulter. Ich schlage völlig unkontrolliert zu, so fest, dass sie aufschreit und um ein Haar das Lenkrad verreißt, aber das ist die Sache wert. Ich habe ihren Wagen ja schon neben Ludeks Uraltvespa vor der Hochschule parken sehen, und das wäre wirklich mein Ende gewesen. Aber so ist es wunderbar, absolut wunderbar, und das sage ich Patrizia auch. Ich sage ihr, wie sehr ich mich für sie freue, und mache ihr noch tausend andere Komplimente, und als mir irgendwann der Stoff ausgeht und sie mich nach meinem Spielfilm fragt, höre ich sogar zu schwindeln auf. Zumindest fast. Ich sage, dass ich ihr leider nichts über den Film verraten darf, weil ich mir geschworen habe, niemals über unfertige Projekte zu sprechen. Wegen der Aura der inneren Vision, sage ich, und dass die sich dadurch verändert und dann alles zum Scheitern verurteilt ist. Sonst sage ich aber nichts, kein ein-

ziges unwahres Wort mehr. Ich verschränke nur meine
Arme hinter dem Kopf und strahle sie an. Und Patrizia,
Gott allein weiß, warum, strahlt mit. Wir strahlen wie zwei
Oscargewinner, und als ich wieder nach vorne zur Scheibe
hinaus schaue, zerreißt es mich beinahe vor Glück.

Tief im Süden, über den bewaldeten Hügeln am Horizont
geht gerade der Mond auf. Der Mond ist groß und gelb und
beinahe voll, und er steigt in den tiefblausten Himmel, den
man sich nur vorstellen kann. So ein Tiefblau, dass man hi-
neinbeißen möchte, ist das, und als wir über die nächste
Kuppe fahren, riecht es plötzlich nach Korn. Nicht nur ein
bisschen, sondern als stünde man inmitten endloser Korn-
felder. Als stünde man kurz nach einem warmen Sommer-
regen darin, und an den prallen Ähren glitzerten noch Milliarden von Wassertropfen, so riecht das, genau so kitschig,
wie es sich anhört. Und weil ich diesen Geruch liebe, kurble
ich das halb geöffnete Fenster herunter, stecke meinen Oberkörper hinaus und pumpe mir die Lungen bis obenhin voll
mit dieser Luft. Ich schreie auch ein wenig, während ich
über der Beifahrertür hänge und der Wind durch meine
Haare bläst. Juhu oder so etwas schreie ich, und dann stecke
ich meinen Kopf ins Auto zurück und schaue zu Patrizia
rüber, ob die das auch irgendwie berührt. Tatsächlich lächelt
sie ganz abwesend vor sich hin, und ich bin mir sicher, dass
sie etwas Ähnliches fühlt wie ich. Ich muss gar nicht mehr
an ihre Kunstprojekte und die verlausten Katzen denken,
sondern daran, dass sie schon weiß, was zu tun ist. Sie tut
nämlich gar nichts, und das ist das einzig Richtige jetzt. Wir
fahren einfach nur schweigend die Autobahn hinunter und
schauen dem Mond zu, wie er langsam höhersteigt, und sind

ganz ergriffen von dieser fantastischen Luft und der Schönheit ringsherum. Eigentlich ist das ja nicht viel und auch nichts Besonderes, aber wenn ich ehrlich bin, gibt es keine Handvoll Menschen, mit denen ich das teilen kann. Mit Leni konnte ich es und mit Simon und seltsamerweise zwei-, dreimal mit irgendwelchen wildfremden Menschen, an deren Namen ich mich gar nicht mehr erinnern kann. Aber das sind auch schon alle. Die anderen müssen immer gleich eine Zigarette anzünden und darüber reden, wie fabelhaft das ist und ob ich das jetzt nicht auch finde, und mit jedem Wort, das sie sagen, machen sie es ein Stückchen mehr kaputt. Aber so ist das eben. Das steckt wohl in den Menschen drinnen, dass sie immer alles aussprechen müssen, obwohl es ganz offensichtlich ist. Und ich selbst bin ja genauso. Meistens kann ich meinen Mund auch nicht halten, obwohl ich es mir fest vorgenommen habe, vorher. Aber vorher ist dann halt nicht jetzt, und im Jetzt möchte ich immer ein möglichst großes Maß an Übereinstimmung herstellen zwischen mir und meinen Mitmenschen. Aus Gründen der Harmonie vermutlich. Da bin ich wie alle anderen, keine Frage.

Und wie das so ist, flaut das Ergriffenheitsgefühl auch hier bei Patrizia im Auto bald wieder ab, und das Schweigen wird ein bisschen komisch. Der Mond wird auch gerade von den Tannen verschluckt, und weil Patrizia kein Radio im Auto hat, fange ich wieder zu sprechen an. Ich sage ziemlich genau das, was ich mir eben gedacht habe, und weil ich noch immer ein bisschen sentimental bin, lege ich mich ordentlich ins Zeug. Ich sage allen Ernstes, dass ich mich gar nicht erinnern kann, wann ich das letzte Mal so einen Moment mit jemandem geteilt habe, und dass das wahrscheinlich an der Umgebung liegt, in der ich lebe. Dass die so konstruiert ist, sage ich, und alle andauernd nur von Filmförderungen sprechen und in Konkurrenzkategorien denken, weshalb ich überhaupt nicht weiß, ob ich da hingehöre, weil ich ja so viel Sehnsucht habe nach diesem Korn und dem Mond und allem. Obwohl das sonst nicht meine Art ist, rede ich wie ein Wasserfall, und dabei bemühe ich mich, genau den Tonfall zu treffen, in dem sich Mädchen wie Patrizia gewöhnlich unterhalten. Offenbar gelingt mir das auch sehr gut, es gelingt mir sogar viel zu gut, weil ein paar Kilometer später etwas richtig Fieses geschieht. Wir sind bereits kurz vor Weiden, am Fahrbahnrand stehen schon die blauen Ausfahrtsschilder, und Patrizia fragt mich, wo ich denn hinmöchte. Ich sage ihr, dass sie mich bei der nächsten Ausfahrt, Weiden-West, rauslassen und dass ich von dort aus zu Fuß nach Hause laufen kann. Patrizia nickt ganz eigenartig, und als dann die Ausfahrt kommt, verlangsamt sie die Geschwindigkeit und setzt den Blinker. Und genau in dem Moment, in dem ihre Finger den Hebel drücken, holt sie Luft und fragt mich, was ich denn noch vorhabe heute Abend. Mir wird heiß bei diesen Worten, weil ich diese Frage und auch die nächste schon erahnt habe, bevor Patrizia sie überhaupt gestellt hat. Dafür braucht man keinen sechsten Sinn, ich weiß es einfach, weil kein Mensch auf dieser Welt genau in dem Moment den Blinker setzt, in dem er zu sprechen anfängt. Es sei denn, er hat eine Absicht. Und genauso ist es auch. Sie möchte mit mir noch was trinken gehen, wenn ich Lust habe. Ganz nett sagt sie das, beinahe schüchtern, und ich lächle sie an und sage, dass ich sie exakt dasselbe fragen wollte. So hart lüge ich wirklich selten. Mein Gesicht ist wie eingefroren, während ich lächle, so dass ich fast einen Krampf im Kiefer bekomme, aber Patrizia bemerkt es nicht. Sie fädelt den Wagen in den Verkehr ein, fährt haargenau fünfzig, wie es in geschlossenen Ortschaften vorgeschrieben ist, und sagt, dass sie Weiden eine ziemlich schöne Stadt findet. Ich nicke, obwohl die Randgebiete das Hässlichste sind, was Architekten je entworfen haben. Die Innenstadt mit ihrer alten Fußgängerzone und dem Park drum herum ist wirklich schön, aber da, wo wir gerade entlangfahren, stehen lauter Reihenhaussiedlungen mit braun verschalten Doppelhaushälften und Gärten, so groß wie Fußabstreifer. Grüner Maschendrahtzaun davor und dahinter Fertigteiche mit schwarzer Plastikfolie und schwimmenden Gummienten darauf. Und Thujenhecken, tausende von Thujenhecken, rechtwinklig beschnitten und trotz der Trockenheit in vollem Saft. Ich schwöre, dass Thujen nirgends so gut wachsen wie in Weiden. Und wenn sich irgendwas an einer Fassade hochrankt, ist es Knöterich. Kein wilder Wein, kein Efeu, einfach nur Knöterich, und man möchte eigentlich nur noch davonlaufen vor dieser Stadt. Ich weiß auch schon gar nicht mehr, was ich tun soll. Wenn ich kein Gepäck hätte, würde ich bei der nächsten roten Ampel aus dem Auto springen und um die Ecke spurten; stattdessen bleibe ich sitzen und lotse Patrizia in die Innenstadt. Wir fahren an den erleuchteten Hallen der Porzellanfabrik vorbei, an dem Gemeindehaus der Freikirchensekte und diesem russischen Billardcafé und kommen dann unter den Bahngleisen auf die Kolping-Kreuzung zu. Auf der anderen Seite der Kreuzung steht das Josefshaus, so ein Betonklotz aus den siebziger Jahren, in dem früher die CSU-Parteitage und irgendwelche Kleintierzüchtertreffen veranstaltet wurden, aber jetzt ist über dem Eingang ein großes Plakat angebracht, das eine braun gebrannte Brünette mit nacktem Oberkörper zeigt. Auf ihren Brüsten sind zwei goldene Sterne aufgedruckt, so dass man die Warzen nicht sehen kann, und darunter steht: *IT'S HOT, IT'S SEXY – DIE 5. WEIDENER TOPLESS NIGHT*. Ich versuche zu erkennen, wann diese unglaubliche Busennacht stattfinden wird und was der Eintritt für Männer kostet, aber Patrizia lenkt den Wagen schon am Josefshaus vorbei in die Sedanstraße. Sie fragt mich, wo sie jetzt hinfahren soll, und ich dirigiere sie in Richtung der Tiefgarage, weil die nördlich der Fußgängerzone liegt und die einzigen Cafés, die man in Weiden besuchen kann, ohne sich sofort eine Kugel in den Kopf schießen zu wollen, an der Stadtmauer am Südrand sind. Aber da werde ich bestimmt nicht mit ihr hingehen. Da könnte es sein, dass irgendwelche Leute sitzen, die mich kennen. Da sitzen sogar todsicher irgendwelche Leute, weil ja Semesterferien sind, und die sagen unter Garantie nicht Ludek zu mir. Nein, das muss man schön sauber trennen, die alten Freunde und so eine Tramperbekanntschaft, sonst gerät man schnell in ein großes Schlamassel hinein, und das kann ich weiß Gott nicht gebrauchen.

Patrizia zieht jetzt das Parkticket aus dem Automaten und die Schranke geht auf. Sie fährt den Wagen die Rampe hinunter und stellt ihn auf einem Frauenparkplatz gleich beim Treppenaufgang ab. Während ich mein Fenster hochkurbele, klettert sie zwischen den Sitzen durch auf die Ladefläche. Ich befürchte schon, dass sie ihre Kamera mitnehmen will, um sie irgendwelchen Passanten vor die Nase zu halten, aber sie leint bloß ihre Katzen an. Dann wirft sie die Tür ins Schloss, und wir gehen los. Als wir aus dem Treppenschacht ins Freie treten, scanne ich die Umgebung, aber außer ein paar betrunkenen Schülern und einem Rentnerpärchen ist weit und breit niemand zu sehen. Dafür dringt jetzt wieder die Hitze auf mich ein, und auf einem elektronischen Thermometer, das über dem Schaufenster einer Apotheke angebracht ist, sehe ich, dass es noch immer siebenundzwanzig Grad hat. Die roten Ziffern flimmern leicht, und das Pluszeichen davor pulsiert sogar, und obwohl ich überhaupt nicht so veranlagt bin und auch nicht an Zeichen oder sonst irgendetwas glaube, habe ich plötzlich ein ganz komisches Gefühl: dass jemand aus meiner Umgebung bald stirbt oder dass es mich selbst erwischt vielleicht. Es gibt überhaupt keinen Grund dafür, aber ich denke es trotzdem. Zwei, drei Sekunden habe ich sogar ein Brummen im Ohr, als ob ein Nachtfalter um meinen Kopf schwirren würde, dann springt die Temperaturanzeige um, die Uhrzeit wird eingeblendet, und das Gefühl ist wieder vorbei. Es muss wirklich an der Hitze liegen, jedenfalls kann ich mich nicht daran erinnern, jemals im Winter so etwas gedacht zu haben. Ich schaue Patrizia an, ob die auch irgendwas gespürt hat, aber das ist nicht der Fall. Sie schaut auch nicht auf die Thermometeranzeige, sondern betrachtet die Häusergiebel. Sie hat ihren Kopf weit in den Nacken gelegt und sieht aus wie Hansguck-in-die-Luft, und das ist mir wirklich unangenehm. Was sollen die Leute bloß von uns denken – ich mit meinem Rucksack und sie mit ihren angeleinten Katzen, und dabei schaut sie so peinlich nach oben, als gebe es da irgendwas zu sehen. Sie guckt vollkommen übertrieben, so als wolle sie mir damit etwas beweisen oder mich beeindrucken, aber auf so etwas lasse ich mich gar nicht ein. Ich gehe stur weiter und nehme dabei alles zurück, was ich vorhin Gutes über sie gesagt habe. Überhaupt fallen mir jetzt mindestens noch ein Dutzend Menschen ein, mit denen ich solche Korn- und Mondmomente geteilt habe. Die Nina, der Psojdo und der Vincent zum Beispiel. Keine Ahnung, was ich da für eine Gedächtnislücke hatte, als ich über Leni und Simon nicht hinausgekommen bin.

Dann hält Patrizia mich aber am Arm fest und deutet mit ausgestrecktem Zeigefinger in die Luft. Ich bleibe stehen und weil ich dort oben nichts erkennen kann, sagt sie: Schau, ein Vogelnest. Das Vogelnest, von dem sie spricht, befindet sich neben einer Regenrinne auf einem verwaisten Fenster- sims. Ich schaue ehrlich zweimal hin, aber es ist absolut nichts Besonderes dabei, einfach nur ein verdammtes Vogel- nest auf einem Fenstersims. Ich sage zu Patrizia, dass ich das Vogelnest sehe und was damit ist, und sie antwortet mir, dass sie eine Vogelliebhaberin ist. Sie flüstert mir das ins Ohr, so als verrate sie mir ein tolles Geheimnis, sie strahlt mich richtig an, ganz breit, so dass sich ihre Mundwinkel beinahe bis zu den Ohrläppchen hochziehen. Ich lächle zurück, und dabei dämmert mir, dass ich es mit einer Verrückten zu tun habe. Das passiert mir nicht zum ersten Mal. Ich gerate im- mer wieder an verrückte Mädchen, aus irgendeinem Grund ziehe ich die magisch an. Wahrscheinlich weil ich selbst so normal und tolerant bin. Ich hatte sogar mal ein halbes Jahr lang eine Freundin, die wirklich verrückt war, und die hat auch immer solche Sachen gemacht. Einmal, es war mitten in der Nacht, ist sie plötzlich auf der Straße stehen geblieben und hat gesagt: Komm, ich zeig dir das Schönste. Sie hat mich an der Hand genommen und an eine Stelle geführt, wo eine Menge Glasscherben zwischen den Pflastersteinen am

Boden lagen. Irgendwelche Betrunkenen haben da wahrscheinlich ihre Bierflaschen zerschlagen, und weil an der Stelle eine Laterne stand, haben die Scherben zwischen den Pflastersteinen geglitzert. Das war das Schönste, und wir sind ungefähr zehnmal daran vorbeigegangen, immer Hand in Hand. Auch das ist typisch für verrückte Mädchen, dass sie bei jeder Gelegenheit Händchen halten müssen. Im Kino zum Beispiel oder im Café, während man sich ganz normal unterhält oder sogar Zeitung liest. Das ist so ein Sicherheitsreflex bei denen, um sich in jeder Sekunde zu vergewissern, dass man auch zusammengehört. Ich hasse das, obwohl ich normalerweise gerne Hand in Hand gehe und auch gerne Scherben anschaue und sogar Vogelnester. Aber nicht, wenn die Sachen mit so einer kranken Intensität verfolgt werden. Da sehe ich überhaupt nichts mehr, sondern höre bloß noch diese fanatische Stimme im Ohr, die mir genau sagen will, was ich jetzt sehen muss. Meine verrückte Freundin, Kerstin hieß die, hat nach dem Scherbengucken auf dem Heimweg noch ein paarmal gefragt, ob es denn nicht wirklich das Schönste war. Und sie wollte sich nicht damit zufriedengeben, als ich sagte, dass es wirklich schön war. Es musste DAS Schönste sein. Schließlich habe ich es ihr zuliebe auch gesagt, und erst da war wieder alles gut. Verrückt eben. Wahrscheinlich noch eine Spur verrückter als Patrizia, die jetzt meinen Arm loslässt, so dass wir wenigstens nicht mehr wie ein Paar aussehen. Sie schaut auch nicht mehr in die Luft, sondern ganz normal geradeaus und erklärt mir, dass sie aber nicht wegen des Nestes hochgeschaut hat. Ich habe wirklich keine Lust zu fragen, weshalb, aber sie sagt: Rate mal, rat doch mal, und deshalb sage ich, dass sie es vielleicht wegen der Sternschnuppen getan hat. Ich habe nämlich gelesen, dass gerade ein Meteoritenschwarm in der Nähe ist, die Perseiden oder so ähnlich, und wenn man Glück hat, kann man hundert Sternschnuppen pro Stunde sehen. Hundert Stück, genauso hat es im Internet gestanden. Ich will noch sagen, dass es keinen Sinn macht, mitten in der Stadt nach oben zu schauen, weil man da ohnehin nichts sehen kann, wegen der Lichter und dem Dreck, aber Patrizia schüttelt den Kopf und sagt, dass ich mich täusche. Sie hat nämlich nicht wegen der Sternschnuppen nach oben geschaut, sondern um das Wesen der Stadt zu erkunden. Das Wesen der Stadt, erklärt sie mir, kann man nur durch den Charakter der Häuser begreifen, weil die Häuser ja die Stadt ausmachen. Aber normalerweise gucke man immer nur auf die Schaufenster, obwohl die Schaufenster überall gleich aussehen, wegen der Monopolisierung und der Globalisierung und allem. Man müsse mit den Augen aber mindestens bis in den zweiten Stock und besser noch bis an den Dachstock kommen, ansonsten würde man die Häuser und die Stadt nie verstehen lernen.

Wenig später ist sie noch immer mit dem Wesen der Stadt beschäftigt, aber jetzt auf historischer Ebene. Wir gehen am Langen Wall entlang, da stehen Reste der alten Stadtmauer, und sie fragt mich tausend Sachen über die Weidener Geschichte, die ich beim besten Willen nicht beantworten kann. Ich weiß nur, dass irgendwann einmal die Schweden da waren. Über dem Stadttor am Unteren Markt stecken nämlich zwei Kanonenkugeln in der Turmmauer, die haben die Schweden da reingeschossen, irgendwann im Mittelalter oder wann immer sie ihre Raubzüge gemacht haben. Neben den Kugeln ist eine kleine Messingtafel angebracht, mit Jahreszahlen und einer Menge anderer Informationen, und das Wort Schweden ist ganz groß geschrieben, so dass ich es mir gemerkt habe. Verrückterweise habe ich noch mit zwanzig gedacht, dass diese Kugeln wirklich seit den Schwedenkriegen in dem Tor stecken, aber das ist falsch. Sie sind nachträglich erst hineingemauert worden, aus symbolischen Gründen, um an die Invasion und an die schreckliche Zeit zu erinnern. Mich haben diese Kugeln aber aus einem anderen Grund beschäftigt. Ich konnte nie durch das Tor gehen, ohne dabei zu denken, dass die Kanonenkugeln riesengroße Aknebeulen sind, die ich gerne ausquetschen würde. Die Kugeln schauen bis zur Hälfte aus dem gelben Putz und werden nachts sogar beleuchtet, so dass man sie auf keinen Fall übersehen kann. Außer man sieht extra zu Boden, und auch wenn es bescheuert klingt, genau das habe ich getan. Ich bin mit gesenktem Blick durch das Tor gelaufen, um den Einfluss der Kugeln zu neutralisieren. Wenn ich sie nicht sehe, habe ich gedacht, bekomme ich keine Pickel auf der Stirn, wenn ich sie doch sehe, dann schon. Wirklich seltsam, das Ganze. Ich hatte nie Pickel auf der Stirn, es bestand nicht einmal die Gefahr, dass ich jemals welche bekommen könnte, aber trotzdem hat mich dieses Tor immer fix und fertig gemacht.

Wenn wir jetzt am Langen Wall noch ein paar hundert Meter weiterlaufen würden, kämen wir direkt auf das Schwedentor zu, aber darauf habe ich keine Lust. Nicht wegen der Pickel, sondern weil da die richtige Altstadt beginnt. Ich sage zu Patrizia, dass es leider ein Wesenszug der Stadt ist, dass es hier nirgendwo eine schöne Kneipe gibt. Ich führe sie stattdessen ins La Cucaraccha, so eine mexikanisch angehauchte Bar, wo es Tequila-Happy-Hours gibt und über der Bar Desperadogirlanden baumeln und permanent ganz schreckliche Radiosender laufen, die immer die neuesten Hits bringen. Hier gehen wirklich nur die harten Proleten und Dörfler hin, aber genau das ist das Richtige jetzt. Außerdem kann man da draußen sitzen. Weil es Samstagabend ist, ist das Cucaraccha unglaublich voll, und ich habe schon Angst, dass wir uns in die Kneipe hineinsetzen müssen, aber dann entdecke ich einen freien Platz neben der Tür. Ich rücke Patrizia den Stuhl zurecht, und bevor die Bedienung an den Tisch kommen kann, gehe ich an die Bar und bestelle einen Kirschsaft und ein Bier. Während der Barmann die Getränke macht, stelle ich meinen Rucksack hinter eine Säule. Dann bezahle ich die Getränke, gehe zu Patrizia zurück, und noch im Setzen fange ich an, wie besessen über die Perseiden zu reden, damit sie den fehlenden Rucksack nicht bemerkt. Sie ist aber ohnehin abgelenkt von den Leuten, die andauernd ihre Trinksprüche schreien und fragt mich ein paarmal, ob es wirklich keine andere Kneipe in Weiden gibt. Ich erkläre ihr, dass leider alle Kneipen so sind wie diese hier, weswegen ja alle möglichst bald aus Weiden weggehen und nie mehr wiederkommen. Ich weiß nicht, ob sie mir glaubt, und das ist mir auch egal, weil ich jetzt sage, dass ich mal aufs Klo muss. Ich lächle ihr lieb zu, dann gehe ich in die Kneipe rein, nehme auf dem Weg meinen Rucksack mit, schließe mich in eine Toilettenkabine ein, mache das schmale Fenster auf und steige raus. Genau so mache ich das, und wenn jemand glaubt, dass ich mich wohl dabei fühle, dann liegt er falsch. Ich fühle mich ehrlich gesagt ziemlich mies, aber ich habe keine andere Wahl. Ich weiß ja genau, wie das weitergehen würde. Wir würden noch ein paar Getränke lang dort sitzen, und während Patrizia irgendetwas erzählt, würde ich sie immer mehr hassen, und dann, wenn sie restlos davon überzeugt wäre, was für ein sensibler Typ ich bin, würden wir in den Park gehen oder sonst wohin und uns küssen. So läuft das immer. Wenn ich mit einem Mädchen zu tun habe, das auch nur halbwegs in Ordnung aussieht und mich küssen will, tue ich es. Da kann ich nichts dagegen machen, genauso wenig wie gegen die Globalisierung oder dagegen, dass der Mond sich um die Erde dreht. Irgendwann rastet ein Mechanismus ein, ich sage lauter Dinge, die ich überhaupt nicht so meine, und wenn ich mich erst einmal um Kopf und Kragen geredet habe, gibt es kein Zurück. Es beginnt immer mit den Worten, die Worte sind das reinste Gift, sie werden immer zu Fleisch, und das steht schon in der Bibel so. Irgendwann werde ich mir die Zunge rausschneiden müssen oder als Einsiedler in die Wälder gehen, das ist die einzige Rettung, die es für mich gibt.

5

Es dauert aber nicht lange, bis meine Laune sich wieder auf-hellt. Es fängt bereits an, als ich aus dem Hinterhof der Kneipe zurück auf die Straße trete, und als ich durch das Schwedentor in die Fußgängerzone komme, bin ich schon wieder obenauf. Zwar muss ich noch ein paarmal an Patrizia denken, wie sie in diesem trostlosen Cucaraccha allein vor ihrem Kirschsaft und meinem fast vollen Bier sitzt und es gar nicht wahrhaben will, was sie sich da für einen Men-schen ins Auto geladen hat, aber besonders lange denke ich nicht an sie. Ein bisschen ist sie ja auch selbst daran schuld. Sie hätte mich einfach an der Ausfahrt rauslassen können, und das Ganze wäre nie passiert. Sie hat einfach kein Gefühl für Timing, aber vielleicht lernt sie das jetzt. Vielleicht wird sie sich irgendwann an mich erinnern und sich sagen, dass ihr diese Situation auch etwas gebracht hat, dass sie sie auf viel schwierigere und bedeutendere Situationen in ihrem Leben vorbereitet hat, meine ich. Ehrlich gesagt glaube ich nicht an das, was ich gerade denke, aber mit ein bisschen gu-tem Willen kann man es so sehen. Und das ist wirklich eine meiner Stärken, dass ich immer wieder das Gute sehe und das Schlechte so konsequent ausblenden kann. Schnitt und weg, und an einem Abend wie heute fällt mir das besonders leicht. In der Fußgängerzone sitzen überall Menschen vor den Cafés, alle reden und lachen fröhlich durcheinander, und die Giebel der alten Häuser werden von orangefarbenen Scheinwerfern angestrahlt und reflektieren ein ganz warmes Licht. Wie in San Gimignano oder Siena oder sonst wo in Italien sieht das aus, es fehlen nur die Eidechsen an den Wänden und ein paar Palmen vielleicht. Ich laufe auf das Alte Rathaus mit dem Pranger und dem hübschen Glockenspiel zu, dahinter höre ich schon den Marktbrunnen plätschern, und als ich am Rathaus vorbei bin, sehe ich, dass kleine Kinder in dem Steinbecken spielen. Jungen und Mädchen gemischt, sie sind höchstens fünf, sechs Jahre alt, das Wasser reicht ihnen bis zu den Hüften, und sie spritzen sich gegenseitig nass und kreischen vor Freude dabei. Mir schießen beinahe Tränen in die Augen, so schön sieht das aus, außerdem erinnert mich dieses Bild an Paris. In meiner Wohnung in Potsdam liegt noch eine Fotografie herum, die Leni und mich in diesem breiten Wasserbassin vor dem Louvre zeigt. Letzten Sommer muss das gewesen sein, wir haben die Hosen hochgekrempelt und stehen bis zu den Knöcheln im flachen Wasser, hinter uns eine riesige, weiße Fontäne und neben uns die berühmte Glaspyramide. Wir halten uns an den Händen, lecken an einem Eis und grinsen dabei wie verrückt in die Kamera. Und vor dem leuchtend blauen Himmel über uns steht wegen des ganzen Wasserstaubs ein kleiner Regenbogen in der Luft.

Obwohl ich das Bild gerne noch länger festhalten würde, gehe ich weiter und biege bei der Markthalle in eine Seitengasse ein. Ich gehe mit ziemlich großen Schritten über das Pflaster, und zweimal drehe ich mich sogar um. Patrizia dürfte mittlerweile ja was bemerkt haben und könnte auf die Idee kommen, mich zu suchen und mir ordentlich die Meinung zu sagen, und hier, im Zentrum der Altstadt, ist alles so übersichtlich, dass sie mich auch bald entdeckt hätte. Da, wo ich jetzt hin will, aber nicht. Dafür muss man sich in Weiden schon auskennen, und das tut sie Gott sei Dank ja nicht. Von der Seitengasse zweigt eine andere Gasse ab, dann biege ich noch einmal um die Ecke und laufe unter dem Wehrgang an der südlichen Stadtmauer entlang. Keine zweihundert Meter weiter macht die Gasse einen Knick und führt auf einen kleinen Platz, und dort, auf der anderen Seite, leuchten schon die bunten Lampions des Kellerlochs in den Bäumen. Das Café heißt tatsächlich Kellerloch, obwohl es überhaupt nicht so aussieht. Es ist gerade das Gegenteil davon. Es hat hohe Decken, hell verputzte Natursteinwände und eine weite, offene Bar, und wenn es warm ist, so wie jetzt, stehen eine Menge Tische und Stühle draußen im Kies, und man sitzt unter Kastanien und trinkt mit seinen Freunden ein Neuhauser Zoigl. Das wird hier in der Gegend gebraut und ist das beste Bier der Welt.

Genau das werde ich jetzt machen, mir ein Zoigl bestellen, ich hoffe nur, dass der Anton nicht da ist. So heißt der Mensch, dem das Café gehört, und in seiner Gegenwart fühle ich mich immer ein bisschen unwohl. Er wirft mich nicht raus oder so, aber er lässt mich jedes Mal spüren, dass ihm etwas an mir nicht passt, und das hat auch einen Grund. Der Grund hat etwas mit dem Namen des Cafés zu tun. Das Kellerloch heißt Kellerloch, weil Anton ein fanatischer Dostojewski-Anhänger ist und Dostojewski ein Buch mit dem Titel *Aufzeichnungen aus dem Kellerloch* geschrieben hat. Ich kenne das Buch gar nicht, Anton aber schon, und es hat ihm so gut gefallen, dass er gleich sein Café danach benennen musste. Er hat sogar einen Satz aus dem Buch auf die Getränkekarten drucken lassen: *Ich bin ein kranker Mensch*, so lautet der Satz, und er steht ganz unten auf der Seite mit den Schnäpsen. Ein bisschen meint er es wohl als Witz, aber gleichzeitig meint er es ernst, Humor ist nicht gerade seine Stärke. Anton ist Mitte vierzig, und früher, bevor er das Café eröffnet hat, hat er wohl eine recht wilde Zeit verbracht. Frauen ohne Ende und Partys und so weiter, und genau wie Dostojewski ist er irgendwann auf das Glücksspiel gekommen. Nach der Grenzöffnung ist er immer in die Tschechei gefahren, nach Marienbad und Karlsbad und Pilsen, und hat in den Kasinos Unmengen Geld am Roulettetisch verzockt. Dabei hat er gesoffen wie ein Wahnsinniger, oder vielleicht hat er wegen der Niederlagen erst zu saufen angefangen, jedenfalls ist ihm bald alles zu viel geworden, und er hatte einen regelrechten Zusammenbruch. Eine ganze Weile war er weg vom Fenster, und als er dann wieder aufgetaucht ist, war er ein vollkommen neuer Mensch. Unglaublich diszipliniert und hart zu sich selbst und auch zu allen anderen Leuten. Während seiner Therapie jedenfalls hat er Dostojewski entdeckt und ein Buch nach dem anderen gelesen, *Der Idiot* und *Die Dämonen* und *Schuld und Sühne*, und was es sonst noch gibt, und seiner Meinung nach hat er es nur durch Dostojewski geschafft, sich selbst zu verstehen und wieder Boden unter den Füßen zu bekommen. Er war damals Mitte dreißig, und zu der Zeit hat er auch sein Café aufgemacht. Ich bin dann immer hingegangen, mit Freunden, aber oft auch allein, weil es mir so gut gefallen hat, dort zu sitzen und zu lesen, als hätte man alle Zeit der Welt. Das würde ich heute nicht mehr machen, mich allein in ein Café setzen, einen

Milchkaffee nach dem anderen trinken und in einem Buch blättern, das wäre mir furchtbar unangenehm, aber damals, mit fünfzehn, sechzehn, war es das halt nicht.

Jedenfalls bin ich tagein, tagaus dort gesessen, und weil Simon mir *Schuld und Sühne* zum Geburtstag geschenkt hat, habe ich es eben gelesen, obwohl ich die anderen Dostojewski-Bücher immer nach den ersten Seiten wieder weggelegt habe, weil es viel zu viele Personen gab und ich überhaupt keinen Überblick über die Verstrickungen behalten konnte. Aber *Schuld und Sühne* hat mich ehrlich beeindruckt. Ich glaube, ich habe es mindestens zwanzigmal gelesen. Ich war ein absoluter Fan von Raskolnikow, und weil man ja ohnehin anders tickt in dem Alter, habe ich mir beinahe eingebildet, dieser Raskolnikow zu sein. Was die Einstellung zur Welt angeht, meine ich. Und als ich wieder einmal im Kellerloch sitze und dieses Buch lese, kommt Anton, stellt mir meinen Milchkaffee auf den Tisch und starrt dabei so seltsam auf den Buchrücken. Bleibt einfach vor mir stehen und hört nicht auf zu starren, was nicht besonders angenehm ist, wenn man liest. Er sagt aber kein Wort dabei, blinzelt nicht einmal, und wenn er nicht geatmet hätte, hätte ich ihn bestimmt für eine Statue gehalten. Er verscheucht nicht einmal die Fliege, die ihm so penetrant vor der Nase herumschwirrt, und als ich schließlich das Buch zuklappe, weil mir mulmig wird, sagt er, dass ich da eine sehr gute Geschichte lese, mich aber vor der Lektüre hüten soll. Ich habe überhaupt nicht begriffen, was er von mir will, wir haben ja vorher nie auch nur das Geringste miteinander zu tun gehabt, aber er hat sich jetzt selbst einen Kaffee geholt, sich zu mir an den Tisch gesetzt und angefangen, mir das Buch zu erklären.

Das hasse ich wirklich, wenn mir einer sagt, wie ich zu lesen habe. Er hat aber nicht mehr aufgehört, sondern dauernd gesagt, dass ich die Geschichte als Erlösungs- und Läuterungsparabel verstehen muss. Er hat sich angehört wie der hinterletzte Deutschlehrer, obwohl er noch nicht einmal Abitur hat, soweit ich weiß. Ich habe mir sein Gefasel eine Zeit lang angehört, aber irgendwann bin ich wütend geworden. Ich habe ihm gesagt, dass ich das ganz anders sehe und er dieses Buch nicht versteht. Es gibt darin ja diese Stelle, wo Raskolnikow seine Theorie aufstellt, dass zwei Sorten von Menschen existieren, die Genialen und das Material, und dass die Genialen das Material töten dürfen, wenn es ihnen nützt, und genauso habe ich das auch gesehen. Würde man das Töten durch etwas Harmloseres ersetzen, sehe ich es im Grund noch immer so. Jetzt ist Anton aber wütend geworden und hat gesagt, dass er mich genau davor warnen möchte und man schon merkt, wie das Buch mich vergiftet. Er hat tatsächlich vergiftet gesagt und war auch ehrlich engagiert, wie ein verfluchter Sozialarbeiter. Ich habe aber nur noch gesagt, dass er die Geschichte nicht versteht, weil er sich selbst als Material fühlt – unbewusst, habe ich gesagt –, und auf diesen Spruch hin hat er mich am Arm gepackt und aus seinem Café geworfen. Ein paar Wochen später hat er sich aber für seine Aktion entschuldigt und gesagt, dass ich wieder kommen soll. Ich bin auch wieder gekommen, ich habe sogar wieder *Schuld und Sühne* im Kellerloch gelesen, ohne dass er mich deswegen nochmals belästigt hätte.

Mittlerweile glaube ich übrigens, dass Anton gar nicht so Unrecht hatte. Wahrscheinlich hat mich dieses Buch tatsächlich einigermaßen verdreht. Meinen Kindern, falls ich mal welche haben sollte, werde ich es mit Sicherheit nicht unter den Weihnachtsbaum legen. Das ist mir eine Spur zu heiß, und im Grunde müsste man solche Literatur auf die Liste für jugendgefährdende Schriften setzen. Genauso wie diesen Hesseschwulst. Ich kenne eine Menge Leute, die viel zu viel Hesse gelesen haben und dann überzeugt waren, sie seien moderne Siddhartas oder Goldmunds. Kerstin zum Beispiel und vermutlich auch die Patrizia. Die wären andere Menschen geworden, wenn sie den Hesse nicht so früh entdeckt hätten, irgendwie freier oder entspannter vermutlich. Auf der anderen Seite ist aber auch klar, dass die Predigt von Anton sinnlos und dumm war. Man kann einen Sechzehnjährigen nicht einfach so bekehren. Ich habe ja nicht mal zugehört, sondern mir dauernd nur gedacht, was für ein Arschloch er doch ist und dass er endlich verschwinden soll.

Während ich noch über Anton nachdenke und mich dabei nach einem Platz umschaue, kommt er auch schon zur Tür heraus. Das ist bei mir immer so, kaum denke ich an jemanden, schon taucht er auf. Weiß der Himmel, wieso, aber es passiert mir ständig. Anton hat diesen griesgrämigen Gesichtsausdruck, geht zackig zwischen den Tischen durch, und auf seiner rechten Hand balanciert er ein Tablett mit einer Unzahl Flaschen und Gläser darauf. Das sieht richtig professionell aus, das kann er wie niemand sonst. Er zapft auch das Bier besser und putzt die Tischplatten sauberer als alle seine Angestellten zusammen, und wenn ich ein Café hätte, würde ich ihn sofort einstellen, weil er diesen Maßstab an Disziplin und innerer Härte bis ins letzte Detail verfolgt. Bis in den Faltenwurf seiner weißen Schürze hinein, die er jetzt um die Hüften trägt. Und obwohl er nach den Tischen

Ausschau halten muss, wo die ganzen Getränke hinkommen, wirft er mir einen Seitenblick zu. Keine Ahnung, wieso, aber er sieht mich immer. Vielleicht hat er sich mein Bewegungsmuster eingeprägt in der Zeit, in der ich fast jeden Tag da war, oder er sieht einfach jeden immer. So ein Typ ist das, der jeden immer sieht, weil er permanent alles unter Kontrolle haben muss, seit er damals so abgestürzt ist. Jedenfalls erkennt er mich und lächelt dann spöttisch. Zieht nur die Mundwinkel einen Millimeter nach oben, aber das reicht, um seinen Gesichtsausdruck komplett zu verändern. Wenn er so lächelt, hat man sofort den Eindruck, bei etwas ertappt oder insgesamt durchschaut worden zu sein. Als wüsste er zum Beispiel von der Sache mit Patrizia, denke ich, lächle dünn zurück und halte dann Ausschau nach meinen Leuten. So nenne ich meine alten Bekannten. Auch die, die ich früher nicht leiden konnte, nenne ich so, das ist nur eine Redensart und bedeutet nichts weiter. Ich schaue eine ganze Weile herum, sehe aber kein einziges willkommenes Gesicht. Nur ein paar alte Klassenkameraden, mit denen ich schon damals nicht zu tun hatte und zu denen ich mich keinesfalls an den Tisch setzen werde. Patrick Schober heißt einer von ihnen, der studiert irgendeinen Mist auf Lehramt, hat seine Haare so mittig gescheitelt, und ihn hasse ich am meisten. Ich sehe, dass er mich ebenfalls bemerkt, aber wir halten uns beide an die Regeln und behandeln einander wie Luft. Ich setze mich an den einzigen freien Tisch, der leider direkt neben dem Tisch meiner Klassenkameraden steht, und schaue über ihre Köpfe hinweg in die Kastanienkronen. Dann bestelle ich bei Anton ein Zoigl und überlege, ob vielleicht jemand Geburtstag hat und irgendwo eine Party ist, aber mir fällt beim besten Willen niemand ein. Trotzdem habe ich das Gefühl, irgendetwas zu vergessen, und das macht mich ganz nervös. Mein Gefühl täuscht mich nämlich selten. Weil einem die Sachen aber immer dann einfallen, wenn man nicht mehr so krampfhaft daran denkt, zwinge ich mich zu entspannen. Ich strecke meine Beine unter dem Tisch aus und scharre mit den Füßen im Kies, dann zünde ich mir eine Zigarette an und belausche die Gespräche nebenan.

Links von mir sitzt ein Pärchen, das aussieht, als käme es gerade vom Cluburlaub auf Ibiza. Die Frau hat einen gewaltigen Sonnenbrand auf ihrer streichholzkurzen Stirn und sagt dauernd: Ich glühe, Hermann, hörst du, ich glühe, und ihr aufgepumpter Typ starrt in den leeren Aschenbecher und sagt, dass brennende Kippen das Brutalste sind. Obwohl das eine ja nichts mit dem anderen zu tun hat, denke ich zuerst, dass er sie damit irgendwie trösten will, aber dann begreife ich, dass es ihm um die Waldbrände geht. Er spricht darüber wie ein Fachmann, und im Lauf des Gesprächs bekomme ich mit, dass er bei der freiwilligen Feuerwehr ist. Er hat auch ein Telefon mit so einer Art Funkantenne vor sich liegen und fummelt ununterbrochen daran herum. Die Frau versucht immer wieder, seine Hand zu tätscheln, aber er zieht sie jedes Mal weg und sagt, dass er unbedingt Empfang braucht. Falls es brennt, sagt er, und dass er da einsatzbereit sein muss. Weil das aber alles ist, was die beiden sich zu sagen haben, wende ich mich der Skaterclique rechts von mir zu. Die Skater haben ihre Hosen auf Höhe der Kniekehlen sitzen, trinken Wodka mit Cola und sprechen keinen einzigen vollständigen Satz. Nur ab und zu nuschelt einer ein paar sinnlose Brocken, worauf die Runde so heiser kichert, und dann sind sie wieder still. Die mit Abstand idiotischste Unterhaltung spielt sich aber am Tisch meiner Klassenkameraden ab. Sie stoßen im Minutentakt ihre Weizengläser gegeneinander und feiern Nicolas Cage. Der Cage, erfahre ich, ist vor kurzem in die Gegend gezogen. Er hat offenbar ein Schloss in der Nähe von Sulzbach gekauft, um dort ungestört seine Sommer zu verbringen, und der Wittmann war schon zweimal vor Ort. Er hat den Cage sogar schon mit einer Axt im Schlosspark herumlaufen sehen und sagt was von stahlhartem Bizeps und Ehrenbürgerschaft, und der Schober ruft: Auf den charismatischsten Bürger der Oberpfalz! Dann trinkt er sein Weizen leer, wischt sich über die Lippen und zählt seine Nicolas-Cage-Lieblingsfilme auf: *Con Air* und *Das Vermächtnis der Tempelritter* und allen voran *The Rock*. Und obwohl ihn kein Mensch darum gebeten hat, fängt er an, die Handlung von *The Rock* nachzuerzählen, und das tut er bestimmt bloß wegen mir. Der weiß ja haargenau, dass ich in Potsdam studiere, und das kostet er jetzt aus. Er beschreibt den anderen Szene für Szene, er sagt sogar was von einem raffiniert konstruierten Plot, von dem die Drehbuchschmierer hierzulande sich was abschauen könnten, und ich sitze daneben und wünsche mir die Axt von dem Cage in seinen gescheitelten Kopf. Aber ich bin ja selber schuld. Ich hätte einfach bei Patrizia im Cucaraccha sitzen bleiben sollen, dann wäre mir diese Sauerei erspart geblieben. Das wäre wirklich die geringere Strafe gewesen, nur kann ich ja nicht zurücklaufen und sagen: Hallo, da bin ich wieder. Das ist vorbei, und daran lässt sich nichts ändern. Ich bekomme immer gleich die Rechnung serviert. Nein, ich werde jetzt einfach dieses Zoigl austrinken und dann nach Hause fahren. Ich ziehe nur noch mal mein Telefon aus der Tasche und schreibe Simon eine SMS. *Wo bist du*, schreibe ich, *ruf doch an, du Penner, a.* Dann drücke ich auf Senden, und als ich das Telefon zurück in die Tasche stecke, sterbe ich. Tausend Tode, zumindest innerlich. Und zwar schiebt sich eine Hand vor meine Augen, eine warme, ziemlich kleine Hand, definitiv eine Frauenhand, und das ist einer dieser Momente, in denen meine Drüsen literweise Adrenalin in meine Blutbahn pumpen und meine Schuppenflechte im Zeitraffer wuchert. Am Haaransatz juckt es wie nach einem Hornissenstich, und ich mache mich auf die furchtbarste Szene gefasst, die man sich nur vorstellen kann, direkt neben dem Schobertisch. Ich schaue unendlich langsam hoch, mit dem erbärmlichsten Hundeblick, den ich zustande bringe – und sehe der Miriam ins Gesicht. Der Miriam, mein Gott!

Miriam, fucking hell Miriam, rufe ich, und die Miriam lacht und sagt: Alex, was ist denn los? Ich lache auch, wie ein Irrer sogar, und sage, dass nichts los ist, nada und niente, und ich nur mal schnell aufs Klo muss. Im Aufstehen umarme ich sie noch, drücke ihren zierlichen Körper mit aller Kraft gegen meine Brust, und dann laufe ich in das Café hinein. Auf der Toilette stelle ich mich vor das Waschbecken und halte mein Gesicht unter den aufgedrehten Wasserhahn. Ich trockne mich ab, zupfe vorne an meinen Locken herum, damit sie noch verwuschelter aussehen, und begutachte eine halbe Ewigkeit lang die verdächtige Stelle am Haaransatz. Ich kann dort nichts erkennen, und das beruhigt mich. Ich finde die Miriam nämlich ziemlich hübsch. Als ich draußen Schritte höre, trete ich schnell vom Spiegel weg und öffne die Tür. Die Tür geht nach außen auf, deshalb stoße ich sie dem Schober, der gerade nach der Klinke greift, mit Schwung gegen das Knie. Er verzieht keine Miene, aber in seinen zusammengepressten Lippen bündelt sich der Schmerz. Und weil er mir ja gleichgültiger nicht sein könnte und ihm das bestimmt guttut bei seinen vielen Komplexen, sage ich: Patrick, bitte entschuldige. Ich schenke ihm ein warmes Lächeln, und als er an mir vorbei zum Pissoir humpelt, laufe ich nach draußen und setze mich zu Miriam an den Tisch. Die Miriam! Mit ihr hätte ich zuallerletzt gerechnet, und umso mehr freue ich mich, sie zu sehen. Sie ist vermutlich der erste normale Mensch, der mir heute über den Weg läuft, und außerdem hat sie ein wirklich interessantes Leben. Sie hat es geschafft. Sie spricht fünf Sprachen fließend, Spanisch, Englisch, Russisch, Holländisch und Deutsch, und arbeitet als Dolmetscherin am Internationalen Gerichtshof in Den Haag. Vorher war sie zwei Jahre in Barcelona, und die Dolmetscherschule hat sie, glaube ich, in London gemacht. Sitzt man ihr wie ich gerade zufällig im Café gegenüber, würde man ihr das kaum zutrauen, diesen internationalen Lebensstil, meine ich. Sie ist ziemlich klein und hat ein fein geschnittenes Gesicht mit großen braunen Augen und trägt gerne so Baskenmützen auf dem Kopf. Jetzt hat sie auch eine auf, eine dunkelgraue aus Cord. Auf eine charmante Weise wirkt sie damit sehr beschützenswert, so dass man sie immerzu drücken und in den Arm nehmen möchte, aber wenn man sie besser kennt, merkt man, dass man sich getäuscht hat. Sie kann sehr gut auf sich selbst aufpassen, sie hat wirklich ihren eigenen Kopf.

Ich freue mich so sehr, sie zu sehen, dass ich mir vor Komplimenten beinahe die Zunge breche, und Miriam lacht und sagt, dass ich aufhören soll, so rumzuschleimen, weil sie sich sonst woanders hinsetzen muss. Sie sagt es aber sehr nett, und daraufhin beruhige ich mich ein bisschen, und wir beginnen ein Gespräch. Ich weiß gar nicht genau, worüber wir reden, wir plaudern einfach über dies und das. Über die unglaubliche Hitzewelle und die Menschenrechtsverletzungen in den USA und über den neuen Film der Coen Brothers, und das Erstaunliche daran ist, dass wir uns seit dem letzten Herbst nicht mehr gesehen haben. Aber solche Menschen gibt es ja, die sieht man vielleicht zwanzig Jahre nicht, und trotzdem kann man sofort in ein Gespräch einsteigen, und alles findet sich von selbst. Genauso ein Mensch ist die Miriam, und das einzig Bedauerliche, jetzt aus meiner Sicht gesprochen, ist, dass sie irgendwann lesbisch wurde. Vor eineinhalb Jahren ungefähr, und in diesem Zusammenhang habe ich mich ihr gegenüber ein bisschen schäbig verhalten, ehrlich gesagt. Nicht sehr schäbig, aber es tut mir trotzdem leid. Deswegen war ich doppelt froh, als sie mich vorhin so nett begrüßt hat. An ihrem Lächeln habe ich nämlich gemerkt, dass sie nichts davon weiß. Sie hätte es sofort gesagt, wenn sie davon wüsste, keine Frage.

Diese schäbige Aktion jedenfalls hat damit angefangen, dass wir Miriam letzten Herbst besucht haben, Simon und ich. Sie hat damals noch in Barcelona gewohnt, in einer Dachkammerwohnung im Barrio Gótic, wo rundherum die ganzen Bars und Tapas-Kneipen sind, und dort haben wir auch übernachtet. Als wir ankamen, wussten wir von dieser lesbischen Entwicklung noch nichts, und in den ersten Tagen haben wir Miriam kaum gesehen. Sie musste ja arbeiten und konnte es sich nicht erlauben, bis frühmorgens in den Bars herumzuhängen und sich halb tot zu trinken, aber genau das haben Simon und ich getan. An einem dieser Abende hat Simon ein paar eindeutige Bemerkungen fallen lassen; wie hübsch er sie noch immer findet und dass sie beide doch nach wie vor sehr gut zusammenpassen würden und so weiter. Er war unglaublich betrunken, als er das gesagt hat, aber er hat es ernst gemeint. Die beiden waren ja fast vier Jahre lang ein Paar, aber sie waren neunzehn, höchstens zwanzig, als sie sich getrennt haben. Ich war auch sehr betrunken an diesem Abend und habe Simon zugestimmt und ihm Mut gemacht, obwohl mir vollkommen klar war, dass es auf keinen Fall mehr etwas werden kann. Ich habe nur gerade *Mein Herz so weiß* gelesen, und darin kommt dieser Satz vor, dass man den Unternehmungen seiner Freunde positiv gegenüberstehen und sie bedingungslos unterstützen soll, und das hat mir so gut gefallen, dass ich mich daran gehalten habe. Ich habe mich dabei aber über Simon gewundert. Er hat ein sehr scharfes Auge und analysiert immerzu alle möglichen Bilder und Grafiken in Zeitschriften und im Internet, aber das Entscheidende hat er nicht gesehen. In Miriams Wohnung hingen ein paar Fotos an der Wand, die sie in recht zärtlichen Situationen mit einem effeminiert aussehenden Typen zeigen. Weil ich mir die Fotos aber genauer angesehen habe, ist mir klar geworden, dass der effeminiert aussehende Typ eine androgyn aussehende Frau ist. Miriam selbst hat ihren Wandel nicht angesprochen, sich nicht so peinlich geoutet, wie es ja viele tun müssen, sondern ist ganz selbstverständlich damit umgegangen. Sie hat aber gemerkt, dass ich darüber Bescheid weiß, Simon jedoch nicht, und deshalb hatten wir so eine bestimmte Verständigungsebene, die ihn immer ein wenig ausgegrenzt hat. Trotzdem muss er sich bis zum Wochenende noch Chancen ausgerechnet haben, weil es da erst zur Katastrophe kam. Am Wochenende hat Miriam uns nämlich in ihre Stammbars geführt und ihren Freunden vorgestellt, unter anderem auch dieser androgynen Frau, und da hat selbst Simon es nicht mehr ignorieren können. Wie er es gewöhnlich in solchen Situationen tut, hat er in einer Weise zu trinken angefangen, die jeden anderen geradewegs ins Koma schicken würde, ihn hingegen nur vollkommen unberechenbar werden lässt. Eine Weile hat er bloß wie betäubt auf dem Barhocker gesessen und die rotierende Discokugel angestarrt, aber als Madonna aus den Lautsprechern kam, hat er Miriam zum Tanzen aufgefordert. Eigentlich hat er sie nicht aufgefordert, sondern auf die Tanzfläche gezerrt, und beim Tanzen hat er sich dann plump benommen. Ausnehmend plump, so dass Miriam sich von ihm losreißen musste, und dabei ist er gestolpert und hingefallen. Ja, und dann steht er wieder auf und beginnt in dieser szenigen Regenbogenbar mitten in Barcelona auf Deutsch durch die Gegend zu brüllen. Er hat ein gewaltiges Organ, aber ich glaube, er hat noch nie so laut gebrüllt wie in diesem Moment. Madonna ist dagegen abgeschmiert wie nichts, und das Schlimme war, dass er völlig die Kontrolle über die Inhalte verloren und die übelsten Dinge von sich gegeben hat: Dass man den Laden bis auf die Grundmauern runterbrennen und die ganzen Arschreiter wegsperren müsse, und immer wieder hat er geschrien, dass er aus Deutschland kommt und es in Deutschland so etwas nicht gebe, zumindest eine Zeit lang nicht gegeben habe. Er hat tatsächlich so Worte wie Arbeitslager und Zwangskastration in den Mund genommen, und obwohl es die Spanier nicht wörtlich verstanden haben, haben alle begriffen, worum es grundsätzlich ging. Erst einmal standen sie stocksteif da und haben Simon schreien lassen, aber ziemlich bald haben sie seinem Auftritt ein Ende bereitet, und an diese Szene erinnere ich mich noch gut. Je zwei Mann haben ihn an den Extremitäten gepackt, so dass er wie ein gekreuzigter Märtyrer zwischen ihnen in der Luft hing. Simon war ein zappelndes Bündel Zorn, aber die Leute, die ihn hinaus trugen, sahen sehr souverän aus. Durchtrainierte Körper und stilvolle Klamotten, und über ihre Gesichter sind die silbrigen Lichtkreise der Discokugel gehuscht. Keine Ahnung, wieso, aber ich musste plötzlich denken, dass die Zukunft die Vergangenheit zu Grabe trägt und dass sie es auf eine sehr elegante Weise tut. Und zugleich habe ich die Szene auch genossen. Nicht nur, weil ich früher selbst gerne was mit Miriam angefangen hätte und das immer so stillschweigend in mich hineinfressen musste. Ich meine, ich wusste ja, dass ich gegen Simon kein Land sehen würde, und war nie der Typ, der in aussichtslose Schlachten zieht. Keine Angriffsflächen bieten, das ist seit jeher mein Motto, und ich kann es nur jedem empfehlen. Nein, ich habe die Szene vor allem deshalb so genossen, weil Simon insgesamt eine Spur zu lässig war. Eine klitzekleine Spur nur, aber trotzdem. Der Prinz von Weiden, so haben wir ihn zu Schulzeiten manchmal genannt, und da war es eine echte Befreiung, ihn einmal straucheln zu sehen. Schon irgendwie armselig von mir, so zu empfinden, aber auch sehr menschlich, glaube ich, und unserer Freundschaft hat es in keiner Weise geschadet. Im Gegenteil, so nahe wie in dieser Bar habe ich mich Simon nur selten gefühlt.

So war das in dieser Nacht, und mein schäbiges Verhalten kam erst hinterher. Als ich am nächsten Tag unser Gepäck aus der Wohnung geholt habe, hat Miriam mich um zwei Dinge gebeten. Zum einen sollte ich Simon ausrichten, dass sie nie wieder mit ihm sprechen wird, nie wieder, und zum anderen sollte ich zu Hause nicht überall herumerzählen, dass sie lesbisch geworden ist. Sie war sich nämlich noch nicht sicher, ob sie es dauerhaft oder vielleicht nur vorübergehend ist, und außerdem wussten auch ihre Eltern noch nicht davon. Ich habe ihr das sofort versprochen und auch Simon eingeschärft, kein Wort darüber zu verlieren, was er sowieso nicht vorhatte, weil er ja am schlechtesten bei der Geschichte wegkommt. Eine ganze Zeit lang habe ich mich auch an mein Versprechen erinnert, aber auf einer Party, die ein paar Weidner Bekannte in Berlin gefeiert haben, habe ich es leider vergessen. Das Problem war, dass die Leute auf dieser Party nur sehr oberflächliche Bekannte waren und wir uns im Grunde nicht viel zu sagen hatten. Ich habe den halben Abend allein auf der hässlichen Küchencouch gesessen und ein Bier nach dem anderen getrunken, bis ich eben an diese Geschichte gedacht habe. Und damit sie noch ein bisschen amüsanter klingt, habe ich die Baratmosphäre etwas aufgeladen und Miriam als brutale Kampflesbe hingestellt. Im Stillen habe ich mich mindestens tausendmal bei ihr entschuldigt, nur war die Situation einfach zu verführerisch. Ich wusste, dass die Geschichte den Geschmack dieser Leute trifft, so einen unendlich billigen, ordinären Geschmack, und sie ganz viel lachen werden, und dem kann ich weiß Gott nicht widerstehen. Das Lachen anderer Leute macht mich einfach glücklich. Es ist wirklich das Größte, und ich bin vollkommen süchtig danach, es zu hören.

Na ja, es ist ja noch mal gut gegangen. So was geht ja meistens gut, hinter dem Rücken der Menschen Geschichten über sie zu erzählen und ungeschoren davonzukommen, meine ich. Nicht nur bei Miriam und weil sie in Holland lebt, sondern insgesamt. Ich habe Erfahrung damit und weiß sogar, weshalb das so ist. Weil die ganzen Leute, denen man die Geschichten erzählt, in Gegenwart des Betroffenen immer schweigen. Sie tun das aus dem einfachen Grund, weil sonst das Spiel vorbei wäre. Das möchte aber niemand, jeder möchte das Spiel bis zum Ende verfolgen, jeder wartet auf die Katastrophe. Wenn ich es mir so überlege, trifft das auch auf die Situation mit Simon zu. Obwohl ich in Barcelona schon recht bald seine Absichten begriffen und auch die Fotos in Miriams Zimmer richtig gedeutet habe, habe ich nichts gesagt. Ich wollte einfach erleben, wie es zum Äußersten kommt, und die Szene hatte es ja auch in sich, in gewisser Weise war sie ziemlich amüsant.

Vom Turm der Michaelkirche weht jetzt Glockengeläut herüber, zehn helle, kräftige Schläge, und dabei bemerke ich, dass die Miriam gar nicht mehr spricht. Sie nippt nur an ihrem Campari, schaut mich leicht spöttisch an und sagt, dass sie mir sofort ein Getränk ausgibt, wenn ich ihre letzten Sätze wiederhole. Ihr Tonfall ist aber nicht beleidigt sondern eher neckend, und ich antworte ihr, dass sie sich das gut überlegen soll, weil sie sonst ein paar Euro ärmer ist. Sie sagt: Topp, ich sage: Die Wette gilt, und dann wiederhole ich ihr, was sie mir gerade erzählt hat. Es war etwas über eine französische Freundin, die in Rotterdam auf einem Hausboot wohnt, obwohl sie panische Angst vor dem Wasser hat. Damit, dass ich das weiß, hat sie nicht gerechnet, obwohl es für mich eine der leichtesten Übungen ist. Selbst wenn mir jemand eine Schrotflinte an den Kopf halten würde, könnte ich noch das Gespräch am Nachbartisch wiedergeben. Ich muss einfach wissen, was um mich herum geschieht, egal, was mich sonst gerade beschäftigt, daran ist nichts zu ändern. Sie sieht mich ganz verdutzt an, und weil ihre Augen jetzt noch größer werden, sieht sie unfassbar reizend aus, aber dann, nur für eine Sekunde vielleicht, bemerke ich ein leises Misstrauen in ihrem Blick. Ich sage schnell, dass ich den Namen der Freundin nicht mehr weiß und mir auch der Grund entgangen ist, weshalb sie so viel Angst vor dem Wasser hat, und es also an mir ist, ihr ein Getränk auszugeben. Das möchte sie aber nicht, sie hat mir den Grund nämlich noch gar nicht genannt. Während sie ihn mir verrät, nehme ich mir vor, in Zukunft besser aufzupassen. Bei so schlauen Menschen wie ihr muss man sich ein bisschen dümmer machen, als man ist, sonst durchschauen sie einen am Ende doch. Und so gerne ich sie mag, möchte ich das auf jeden Fall vermeiden, in unser beider Interesse, vermute ich.

6

Trotz der netten Unterhaltung breche ich dann ziemlich bald auf. Die Miriam ist ja nicht nur zufällig hier, sondern hat sich im Kellerloch mit einer Freundin verabredet, die sich wenig später zu uns an den Tisch setzt. Jenny Schiffner heißt die, und für eine Frau ist sie ziemlich groß und ziemlich laut, und am linken Nasenflügel hat sie eine Art Brandmal, das halbrund aus der Haut hervorsteht. Es sieht ein bisschen aus wie diese Kanonenkugeln über dem Schwedentor, als hätte ihr ein schwedischer Miniaturkanonier eine rotbraune Miniaturkugel da reingeschossen, aber wahrscheinlich stammt das Mal von einem der Piercings, die sie früher überall hatte. Ihr Nasenpiercing muss sich irgendwann entzündet haben, und als Andenken an ihre alternative Jugend hat sie diese Geschwulst behalten. Ich kann die Jenny nicht übermäßig leiden, um ehrlich zu sein, und frage mich jedes Mal wieder, wieso sie sich das Ding nicht wegschneiden lässt, ob es womöglich nostalgische Gründe hat. An sich sieht sie nämlich nicht schlecht aus. Sie ist, und das meine ich ganz neutral, ein echtes Weib: großer Busen, beeindruckende Kurven, hüftlanges Haar und alles. So eine, die später aufpassen muss, nicht in alle Richtungen zu zerfließen, aber momentan ist ihr Fleisch noch elastisch und fest. Das kann ich so sagen, weil wir uns bei der Begrüßung umarmt haben. Sie ist zwar nicht mein Typ, weil mir diese Fülle ja eher Angst macht und mich immer irgendwie unter Druck setzt, aber ich kenne eine Menge Leute, die sie sehr attraktiv finden. Vielleicht ja auch Miriam, aber das ist pure Spekulation, weil die beiden schon lange befreundet sind, schon viel länger, als Miriam lesbisch ist.

Ich breche aber nicht direkt wegen Jenny auf, sondern wegen dem Anton. Jenny hat früher im Kellerloch bedient, und deshalb bleibt er kurz an unserem Tisch stehen und plaudert mit ihr. Er erzählt ihr von so einer tschechischen Billigdroge, Kristall oder Crystal oder so ähnlich, die seit kurzem die Stadt und auch sein Café überschwemmt und gegen die er jetzt mit äußerster Härte vorgehen will. Gewisse Personen, sagt er, sollten besser auf der Hut sein, und dabei sieht er nicht Jenny sondern mich an. Ich schaue arglos zurück und frage ihn, wen er denn meint. Anton antwortet aber nicht, sondern wechselt nur den Aschenbecher aus. Bevor er wieder verschwindet, sagt er noch, dass es ihn wundert, dass ich nicht bei meinen verschnupften Spezis auf dem Filterwochenende bin, sondern hier in der Altstadt sitze. Es ist völlig klar, dass er mich damit provozieren will, aber ich würde ihm für seine Worte am liebsten um den Hals fallen. Die elektrisieren mich geradezu. Ich hatte ja vorhin schon das Gefühl, irgendetwas vergessen zu haben, einen Geburtstag oder so, und tatsächlich habe ich nicht an das Filterwochenende gedacht. Es ist mir ein Rätsel, wie das passieren konnte. Das Filterwochenende ist so ungefähr das Einzige, was Weiden noch zu bieten hat. Es funktioniert wie eine Art Zeitmaschine, die einen im Handumdrehen sechs, sieben Jahre in die Vergangenheit katapultiert. Man kann sich das so vorstellen: Irgendwo im Wald, an einem der zahllosen Baggerseen um die Stadt herum, werden ein paar große Zelte aufgebaut, Feuerstellen ausgehoben und ein Soundsystem angeschlossen. Überall stehen zerschlissene Couchen und Bierbänke im Sand, zwischen den Bäumen sind Hängematten gespannt, und es gibt Unmengen Grillsachen, Alkohol und sämtliche Drogen zum Selbstkostenpreis. Und genau die Leute, die damals immer im Alten Schlachthof waren, so fünfzig, sechzig Stück, treffen sich dort und feiern drei Tage lang durch. Es hat nichts von Altem-Kaffee-Aufwärmen, sondern es ist wirklich originell. Letztes Jahr war ich nicht dabei, weil ich mir leider ein Bein gebrochen habe, aber vor zwei Jahren war ich dort. Das Filterwochenende hat damals am Blauen Weiher stattgefunden, und es gab diese verrückte Konstruktion, mit der man Wasserski fahren konnte. Auf ein paar Steinen am Ufer wurde ein schrottreifes Auto aufgebockt, und an das abmontierte Vorderrad wurde ein langes Stahlseil gebunden. Wenn man sich auf der anderen Seite des Sees mit einem Board unter den Füßen ins Wasser gestellt hat, wurde der Motor angeworfen, die Kurbelwelle hat das Seil, an dem man sich festhielt, aufgerollt, und dann ist man über den ganzen, gottverlassenen See gesurft. Bei Tag und bei Nacht, sooft man wollte.

Es ist wirklich eine feine Sache da, deshalb trinke ich mein zweites Bier in einem Schluck leer und sage den beiden Frauen, dass ich sie nicht länger stören möchte. Ich drücke Miriam noch einen Kuss auf die Wange, lege Anton die Zeche und dazu ein dickes Trinkgeld auf den Tisch und mache mich auf den Weg. Keine zwei Minuten später laufe ich auch schon durch den Park auf den Großparkplatz zu, wo sich der Taxistand befindet. Meine Eltern wohnen am äußersten östlichen Stadtrand, und genau da muss ich hin, weil ich ja ein Auto brauche. Wir sind vor sechs Jahren da rausgezogen, obwohl unser altes Haus viel zentraler lag. Meine Mutter war aber der Meinung, dass wir auf jeden Fall mehr Platz benötigen und außerdem die Wohnsituation im Osten viel besser ist. Das ist natürlich Unsinn, aber sie hat so lange auf meinen Vater eingeredet, bis er nachgegeben hat und eben dort ein Haus bauen ließ. So läuft das immer bei uns: Meine Mutter hat irgendeine Idee, und mein Vater ist dagegen, und am Schluss tut er doch, was sie will. Weil er ein Dentallabor mit ungefähr fünfzig Mitarbeitern hat und jede Krone oder Füllung, die irgendein Mensch in Süddeutschland im Mund hat, ganz bestimmt aus diesem Labor stammt, spielt Geld dabei auch überhaupt keine Rolle. Mir war dieses neue Haus damals ziemlich peinlich. Wir sind ja nur zu viert in der Familie, mein Vater, meine Mutter, mein kleiner Bruder und ich, aber es hat ungefähr zehntausend Quadratmeter. Vierhundertfünfzig auf jeden Fall, und weil wir einen hässlichen Eisenzaun davorstehen haben, wo jede fünfte Strebe altrosa gestrichen ist, hat Simon es gleich die Villa Telekom getauft. Mit der Villa Telekom hat er genau ins Schwarze getroffen, genauso trostlos modern wie eine dieser neuen Telefonzellen sieht das Haus aus, und wenn der Garten nicht wäre, würde ich wahrscheinlich überhaupt nicht mehr nach Hause kommen. Der Garten ist aber fabelhaft. Es ist mehr ein Park mit alten Bäumen und einem großen Weiher darin, in den mein Vater Fische eingesetzt hat. An warmen Tagen schwimmen die Fische dicht unter der Wasseroberfläche, und früher bin ich stundenlang am Ufer gelegen und habe sie beobachtet. Wenn ihre Rückenflossen aus der Wasseroberfläche herausragten, aber der ganze Fischkörper noch unter Wasser war, musste ich mich beinahe schütteln vor Zufriedenheit. Solange diese Fische da schwimmen, habe ich gedacht, kann alles so schlimm nicht sein.

Während ich noch über die Fische nachdenke und meine seltsam freundschaftliche Beziehung zu ihnen, komme ich auch schon auf den Taxistand zu. Ich gehe die Reihe entlang bis zum vordersten, so einem cremefarbenen Mercedes, öffne die Tür, und als ich mich auf den Beifahrersitz fallen lasse, erschrecke ich halb zu Tode. Mit meinem Körper befinde ich mich bereits im Wagen, aber mit meiner Hand halte ich noch den Rahmen fest, und um ein Haar hätte ich die Tür wieder aufgestoßen, um hinauszuspringen. Mein verfluchter Rucksack liegt aber bereits auf der Rückbank, den habe ich zuerst hineingeworfen, deswegen bleibe ich sitzen und lächle dem Klaus Bergler eine Millisekunde lang ins Gesicht. Der Bergler verzieht keine Miene und fragt mich nur, wo ich hinwill, und ich sage: In den Fliederweg, bitte. Dann schaltet er das Taxameter ein, lässt den Motor an und fährt los. Wir sprechen kein einziges Wort, und ich schwöre, dass ich noch nie so deutlich das Geräusch eines Blinkers gehört habe oder mit einer solchen Intensität die roten Zahlen des Taxameters betrachtet habe wie jetzt. In meiner Panik sage ich beinahe, wie lässig es ist, nachts Taxi zu fahren, und wie toll ich den Scorsese-Film finde und auch *Night on Earth*, aber es gelingt mir gerade noch, meinen Mund zu halten. Als wir an einer Ampel stehen bleiben müssen, zündet er sich eine Zigarette an, und während das Feuerzeug aufflammt, riskiere ich einen Seitenblick. Dabei sehe ich, dass er tatsächlich ganz aufgeschwemmt ist. Irgendjemand hat mir schon erzählt, dass er vor kurzem wieder in der Anstalt war, aber es ist trotzdem ein erschreckendes Bild. Im Profil hat sein Gesicht die Form eines gequetschten Ballons, und weil es so heiß ist, er aber trotzdem seine dunkle Strickjacke trägt, schwitzt er wie verrückt. An seinen Schläfen und auf den Backen haben sich dünne Schlieren gebildet, und weil er auch noch so fürchterlich blass ist, so eine wächserne Blässe ist das, ist er die unheimlichste Erscheinung, die ich je gesehen habe. Wie ein Geist oder ein Serienmörder sieht er aus, ungelogen. Ich bin mir sicher, dieses Schweigen keine Sekunde länger auszuhalten, aber weil ich unmöglich etwas sagen kann, reiße ich mir ein paar Haare aus. Ich zwirbele sie zwischen meinen Fingernägeln zu kleinen schwarzen Kügelchen zusammen, die ich dann in den Mund stecke und kaue. Bei den ersten Bissen knackt es ein bisschen, und obwohl mich das sonst immer beruhigt, hilft es im Moment überhaupt nicht. Ich warte nur darauf, dass er irgendwann das Lenkrad herumreißt und den Wagen rechts gegen eine Hauswand setzt, und ich könnte es ihm noch nicht einmal verübeln, glaube ich. Der Bergler, sosehr er mich auch anwidert, hat wirklich einstecken müssen in den vergangenen Jahren, und obwohl ich ja eigentlich mit ihm noch eine Rechnung offen habe, ist er einer der wenigen Menschen, die mir aufrichtig leidtun. Er ist ja nicht immer in Weiden Taxi gefahren, sondern hatte auch einmal so etwas wie eine Zukunft, aber das ist schon eine Weile her. Im Grunde hat sein Verfall damit angefangen, dass er überhaupt in diese Stadt gekommen ist. Da war er elf oder zwölf, glaube ich, jedenfalls war es kurz nach der Wende, und sein Vater hat damals in einem Dorf in der Nähe von Weiden einen Antiquitätenhandel aufgemacht. In der DDR war er nämlich

Schreiner, und weil er seine Kontakte in den Ostblock noch hatte, hat er sich schnell ein paar Laster gemietet und ist in die Tschechei und nach Polen und Bulgarien gefahren, auf die Dörfer und Höfe raus und hat den Bauern ihre alten Möbel für ein paar Mark abgekauft. Zu Hause hat er sie dann restauriert und für das Hundertfache weiterverkauft, und weil damals alle Antiquitäten wollten und er diese Idee als Erster hatte, hat er sich eine goldene Nase verdient. Er hat auch gleich mit Golfspielen angefangen und sich einen Mercedes und eine junge Frau besorgt und was sonst noch alles dazugehört, um ein guter Westdeutscher zu sein, nur dem Klaus hat das überhaupt nicht gefallen. Der war ja glücklich im Osten und hat an die Gemeinschaft und die Menschen dort geglaubt, und überhaupt war er gerade in dem Alter, wo er gegen seinen Vater rebellieren musste. Im Grunde hat er aber gegen alles rebelliert, was auch nur im Entferntesten mit seinem Hiersein zu tun hatte, und weil ich das damals sehr beeindruckend fand, haben wir uns angefreundet. Nicht so richtig, er war ja drei, vier Jahre älter als ich und wollte nicht nur ein bisschen cool sein. Er war wirklich extrem und hatte so viel Hass in sich, dass eine echte Freundschaft undenkbar war. Aber wir haben ein paar ganz amüsante Sachen zusammen gemacht, Autos zerkratzt, Schaufenster zerschlagen und Schrebergärten verwüstet und so weiter. Irgendwann hat ihn dieser Vandalismus aber nicht mehr befriedigt, und kurz vor dem Abitur hat er dann die Schule geschmissen, Theatergruppen gegründet und Kurzfilme gedreht, und schließlich ist er auf die Idee gekommen, ein Buch zu schreiben. Das war Ende der Neunziger, und sein Thema war natürlich seine verlorene Kindheit im Osten, und die hat ihn so richtig vereinnahmt. Ihm sind immer mehr Sachen eingefallen, und das Projekt ist immer uferloser geworden, weil er auch wirklich alles erzählen wollte, was damals passiert ist. Er ist nahezu verzweifelt daran, weil er schon achthundert Seiten hatte, aber erst die Hälfte von seinem Buch fertig war, ja, und dann hat plötzlich die Jana Hensel ein Buch veröffentlicht, und das hieß *Zonenkinder. Zonenkinder* hat den Klaus erledigt. Es war ja genau sein Thema, auf kompakte hundert Seiten zusammengezurrt, und die bittere Pointe daran ist: Er selbst wollte sein Buch *Wir Kinder aus der Zone* nennen. Das Ganze ist ihm damals so nahegegangen, dass er einen Nervenzusammenbruch hatte, und davon hat er sich nie mehr so richtig erholt. Er hat nur noch davon gesprochen, dass die Jana Hensel oder ihre Freunde oder sonst wer in ihrem Auftrag heimlich seine Dateien kopiert und ihm seine Geschichte geklaut haben. Später ist er dann auf ihre Lesungen gegangen, um sich mit einem Generation-Golf-T-Shirt in die erste Reihe zu setzen und beim Publikumsgespräch zu fragen, wie sie eigentlich zu Florian Illies steht, weil sie ja seine Idee gestohlen hat und so weiter. Das war natürlich reichlich kindisch, und ich glaube auch nicht, dass er jemals mit seinem Buch fertig geworden wäre, aber irgendwo habe ich ihn verstehen können. Dieses Gefühl, mit den eigenen Sachen nach Strich und Faden zu scheitern und von so windschnittigen Typen links und rechts überholt zu werden, ist mir ja bestens bekannt.

Der Klaus jedenfalls hat nach dieser Geschichte überhaupt kein Bein mehr auf den Boden bekommen, und als er wieder aus der Anstalt kam, hat er seinen Hass auf jeden gerichtet, der irgendwie Erfolg hatte. Er hat sich dabei nicht mehr an Prominenten orientiert, sondern seine Feindbilder in der

Umgebung gesucht, und da kam ich ihm gerade recht. Aus zweierlei Gründen sogar: Zum einen habe ich ihm auf heimtückische Weise die Leni ausgespannt. Das heißt, er sieht das so. In Wirklichkeit haben wir uns gleichzeitig um sie bemüht, er nur einen Tick früher als ich, aber das war auch schon alles. Das und dieses alberne Gerücht, das ich in die Welt gesetzt habe: dass er bereits eine Freundin in Chemnitz hat. Zu der Zeit, als er Leni hinterherlief, ist er nämlich immer wieder in den Osten gefahren, um für sein Buch zu recherchieren, und deshalb kam ich auf diese Chemnitzer Frau. Es wäre aber gar nicht nötig gewesen, sie zu erfinden. Leni hat mir später erzählt, dass sie nie daran gedacht hat, sich auf ihn einzulassen. Sie mochte ihn als Freund und Gesprächspartner, aber auf eine rein platonische Art. Der andere Grund, weshalb der Klaus mich so hasst, ist allerdings triftiger. Er hat mit der Filmhochschule zu tun und vor allem mit dieser Eignungsprüfung, die einem in Potsdam abverlangt wird. Ich musste für diese Prüfung damals eine Menge Aufgaben erledigen, Exposés und Treatments und Filmkritiken schreiben, und blöderweise war eine Aufgabe darunter, einen Kurzfilm zu drehen. Dafür habe ich nun absolut kein Talent. Ich möchte später ja auch keine Kamera in die Hand nehmen und auch nicht Regie führen, sondern nur das Skript verfassen, und deswegen habe ich mir einen alten Film von Klaus besorgt und einen anderen Abspann drangeschnitten, wo mein Name auftaucht und nicht seiner. Der Film war ziemlich schlecht, zumindest waren die Professoren in Potsdam dieser Ansicht und hätten mich beinahe wieder nach Hause geschickt. Als sie mich schließlich doch genommen haben, habe ich der Sache gar keine weitere Bedeutung beigemessen. Im Rausch habe ich sogar ein paar

Bekannten davon erzählt, und ein paar Monate später sind dann an der Hochschule so E-Mails angekommen, die mich des Ideenklaus bezichtigten. Vorsätzlicher Diebstahl geistigen Fremdeigentums war die Formulierung, irgend so ein Stasi-Deutsch. Ich habe das natürlich abgestritten, und weil der Mailschreiber sich nicht persönlich gemeldet hat, ist die Anzeige auch nicht weiterverfolgt worden. Das war schon ein Riesenglück, das ich da hatte, keine Frage. Das Entscheidende daran ist aber, dass ich Kopien dieser E-Mails bekommen habe, und unterzeichnet waren sie mit dem Namen Boris Killer. Ich habe diesen Namen noch nie zuvor gehört, aber es ist ja offensichtlich, dass es sich dabei um ein Pseudonym handelt. Das muss man nur mal aussprechen: Boris Killer. So kann überhaupt niemand heißen. Boris Killer. Das klingt so saublöd, dass ich richtig aggressiv werde, wenn ich nur daran denke. Jedenfalls habe ich dann ein bisschen nachgeforscht und herausgefunden, dass der Klaus seit einiger Zeit von der Bildfläche verschwunden ist, und ein Bekannter von mir, der sich mit Computern auskennt, hat anhand der Quellcodes der Mails bestimmen können, dass sie aus einem Internetcafé in Prag abgeschickt wurden. Und dort hat er sich zur fraglichen Zeit auch aufgehalten, in einem Abrisshaus in Prag. Das hört sich jetzt sicher wie aus einem schlechten SAT.1-Krimi an, aber das Beste kommt noch: Die Namen Klaus Bergler und Boris Killer haben dieselben Initialen, B und K, nur eben verkehrt herum. Als ich darauf gekommen bin, war ich beinahe enttäuscht. So stumpf war der Klaus früher nicht. Daran mussten wirklich die Medikamente schuld sein, die sie ihm in der Psychiatrie verabreicht haben, Silizium und Haldol und solche Sachen. Zumindest dachte ich das anfangs. Bis Leni mich auf die Idee gebracht hat, dass er mir durch die Initialen zeigen wollte, dass er das Ganze als eine Art Spiel sieht. Sie kam darauf, weil er zur selben Zeit wieder Kontakt mit ihr aufgenommen hat und sich in seinen Mails nach mir erkundigt hat. Diese Aussicht hat mich wirklich beunruhigt, zugetraut habe ich es ihm nämlich sofort. So wie man sich bei manchen Leuten nicht wundert, wenn sie plötzlich zu Scientology gehen oder sich von einer Brücke stürzen zum Beispiel. Eigentlich hat man es schon immer gewusst, nur das Ereignis, das einem bewusst macht, dass man es schon immer wusste, hat noch gefehlt. Und wenn mir selbst so etwas passiert wäre wie dem Klaus, würde ich wahrscheinlich auch auf so perverse Ideen kommen. Ich meine, erst redet er sich diesen Jana-Hensel-Quatsch ein, und dann klaut ihm jemand tatsächlich seine Sachen. Da muss einem die Welt unweigerlich als großes Spiel vorkommen, nur dass man leider immerzu die falschen Karten auf die Hand bekommt.

So war das jedenfalls, und jetzt lässt sich wahrscheinlich verstehen, weshalb ich so mit den Nerven runter bin. Es ist kein Vergnügen, mit so einem Irren durch die Nacht zu fahren und dabei überhaupt nicht zu wissen, was er gerade denkt oder als Nächstes tun wird. Er spricht nämlich noch immer kein Wort, sondern schwitzt nur wie besessen vor sich hin und saugt an seiner Zigarette, als ob es ganz bestimmt die letzte wäre. Ich würde wirklich meinen kleinen Finger hergeben, um ein paar Sekunden in seinen Kopf zu schauen. Womöglich ahnt der Klaus ja gar nicht, dass ich über ihn Bescheid weiß. Ich habe ihn nicht zur Rede gestellt damals, weil ich ihn nicht weiter provozieren wollte. Ich habe befürchtet, dass er dann mit seinem Kurzfilm in der Tasche

nach Potsdam fährt und ihn den Professoren höchstpersön-
lich unter die Nase reibt. Vielleicht ahnt er es aber doch und
heckt gerade einen Plan aus, mich beiseitezuschaffen, damit
ich niemandem von seiner Schweinerei erzählen kann. Es ist
schon eine verflixte Angelegenheit, die außerdem noch etwas mit Stolz zu tun hat. Ich muss immerzu an diesen Ade-
nauer-Spruch denken: Der schlimmste Hund im ganzen
Land, das ist und bleibt der Denunziant. Mein Vater sagt das
manchmal, und er hat es von seinem Vater, der ein kompro-
missloser Adenauer-Anhänger war. Ich weiß gar nicht genau, was dieser Spruch in Wirklichkeit bedeutet, da er vor
dem historischen Hintergrund ja vollkommen zweideutig
ist. Vermutlich hat Adenauer das gesagt, um die Nachkriegs-
deutschen aufzufordern, die ehemaligen Nazis nicht zu ver-
pfeifen, weil sonst die Hälfte der Bevölkerung gleich im Ge-
fängnis verschwunden und das Wirtschaftswunder nicht zu
Stande gekommen wäre. Vielleicht hat er es aber ganz harm-
los gemeint und wollte dem Volk nur seine Moralvorstel-
lungen mitteilen, weil er etwas Ähnliches erlebt hat wie ich.
Ich kann es wirklich nicht sagen, ich war zu dieser Zeit noch
nicht geboren, und es ist weiß Gott nicht mein Problem. Ich
weiß nur, dass ich auf eine völlig verdrehte Weise das Bedürfnis habe, den Bergler zur Rede zu stellen. Verdreht, sage
ich, weil ich überhaupt nicht weiß, ob ich mir nur einrede,
dieses Bedürfnis zu haben, oder ob ich es tatsächlich habe.
In den Filmen, die ich dauernd analysieren muss, gibt es immer genau diesen Konflikt, dass der eine was getan hat und
der andere davon weiß, und in keinem einzigen davon ist er
dadurch gelöst worden, dass er einfach ignoriert wurde. Der
Konflikt lässt sich ja auch nicht ignorieren. Er könnte greif-
barer nicht sein als in diesem rauchverpesteten Taxi, wo

noch nicht einmal das Radio läuft. Wenigstens das könnte der Klaus doch einschalten. Oder das Fenster herunterkurbeln. Irgendwas. Aber in den Filmen zweifeln die Figuren auch nicht an ihrer Entscheidung, im Gegenteil. Irgendein inneres Gesetz zwingt sie dazu, etwas zu tun. Ich zweifle aber immer, ich weiß nie, wie ich mich in solchen Situationen verhalten soll. Simon zum Beispiel hätte in dem Moment, in dem er in das Taxi gestiegen wäre, reinen Tisch gemacht. Er hätte den Bergler angesehen und gesagt: Hör mal Freundchen, jetzt reden wir Klartext, oder so etwas in der Art. Vielleicht hätte er zu brüllen angefangen oder sich mit ihm geprügelt, jedenfalls hätte er etwas getan, egal was. Allerdings kommt Simon gar nicht erst in diese Situation, weil er nämlich seinen Mund halten kann und nicht immer seine Geschichten an den Mann bringen muss, wenn er mal auf einer Party allein in der Ecke sitzt. Und von jetzt ab werde ich das auch so machen, das schwöre ich. Das schwöre ich sogar bei Gott, obwohl ich nicht mal an ihn glaube. Wenn diese Situation gut ausgeht, sage ich zu ihm, werde ich nie mehr irgendwo eine Geschichte erzählen. Nie mehr, definitiv. Und ob man das jetzt glaubt oder nicht: Gott erhört mich! Das Taxi bleibt plötzlich stehen, und zwar nicht vor einer roten Ampel oder in einem verlassenen Waldstück, sondern unter dem Schild *Fliederweg*, und genau da wollte ich hin. Der Bergler tippt auf das Taxameter und sagt: Acht neunzig, und ich krame einen Zwanzigeuroschein aus dem Geldbeutel und drücke ihn ihm in die Hand. Bevor er mir herausgeben kann, steige ich aus und werfe die Tür ins Schloss. Ich schaue mich nicht um, sondern laufe schnell die Straße hinunter. Ich möchte auf keinen Fall sehen, wie er wendet und davonfährt und die roten Rücklichter um die nächste Kurve verschwinden und das alles. Da würde ich gleich wieder zynisch werden und denken, was für ein riesengroßer Loser er ist, weil er früher immer gegen alles rebelliert hat und jetzt doch einen Mercedes fährt, und das will ich nicht denken. Ich habe mich ja entschlossen, nicht mehr so zu sein. Keine amüsanten Geschichten und auch keinen Zynismus mehr, das geht Hand in Hand. Amüsante Menschen sind immer äußerst brutale Zyniker, das weiß ich ganz genau.

7

Dass ich meinen Rucksack auf der Rückbank des Taxis vergessen habe, bemerke ich erst eine Weile später. Der Bergler ist schon wieder davon gefahren, und ich schlendere sehr erleichtert den Fliederweg hinunter und schaue mir die schmucken Einfamilienhäuser zu beiden Seiten der Straße an. Die meisten Häuser stehen etwas nach hinten versetzt in weitläufigen Gärten und sind in hellen, optimistischen Farben verputzt: ocker vor allem und apricot. Aus den Fenstern fällt Licht auf die getrimmten Rasenflächen, in den Obstbäumen summen Insekten, und die Luft riecht nach Schmetterlingsflieder und ein ganz klein wenig nach Autowachs. Trotz der Uhrzeit drehen sich hier und da noch Wassersprenkler, und auf den Gehsteig haben Kinder mit bunten Kreiden Strichmännchen gemalt. Bei Hartmanns plätschert sogar ein japanischer Springbrunnen im Garten, und ich muss an diese *Schöner-Wohnen*-Zeitschrift denken und dass der Fliederweg bestimmt ein Kollektiv-Abo hat. Dann gehe ich unter einer Laterne durch, und in ihrem Lichthof werde ich von meinem Schatten überholt. Der Schatten streckt sich mit jedem Schritt in die Länge und teilt sich dabei, so dass auf dem Asphalt zwei dunkle Achsen entstehen, mit meinem Körper als Scheitelpunkt. Das ergibt eine Art V, das immer länger und schmaler wird, bis sich die

Schattenenden über die Hecken hinweg in die Vorgärten dehnen, und dabei fällt mir wieder einmal auf, wie schlank ich bin. Das finde ich gut. Was auch immer ich gegen meine Haut und mein Gesicht gesagt habe, meinen Körper kann ich bestens leiden. Ich kann mir zum Beispiel überhaupt nicht vorstellen, mit diesem Körper jemals zu sterben, so gesund und fit fühlt sich der an. Ich bin beinahe eins fünfundachtzig groß und sehr gut proportioniert, außerdem bewege ich mich elegant. Ich würde das wirklich nicht von mir aus behaupten, aber andere finden das auch. Johanna zum Beispiel und vorher Leni, und die beiden müssen es ja wissen. Und während ich noch daran denke, wie schrecklich es wäre, zu dick oder zu klein zu sein, fällt mir auf, dass dieser schlanke Schatten aber überhaupt nicht stimmen kann, weil ich doch meinen Rucksack trage. Das ist aber nicht der Fall. Ich muss so panisch aus dem Taxi gesprungen sein, dass ich ihn auf der Rückbank vergessen habe, und jetzt liegt er noch immer dort, und der Bergler kutschiert ihn zurück in die Stadt. Ich frage mich, ob er mit Absicht nichts gesagt hat oder ob er genauso gestresst war wie ich, und dann brülle ich ziemlich laut Scheiße in die Nacht. Nicht wegen der Klamotten, die kann ich mir ja überall kaufen, sondern wegen des Waschbeutels. Da ist die Dermatop-Salbe drinnen, und ich weiß nicht, ob ich sie in Portugal bekommen werde. Dort haben die Leute ja keine Schuppenflechte, weil sie immerzu in der Sonne sitzen und im Meer baden, außerdem traue ich südländischen Arzneifirmen nicht. Bei Cortisonprodukten muss man sowieso aufpassen, dass die Haut sich nicht zersetzt. Atrophie wird das in der Packungsbeilage genannt, da bilden sich weiße Streifen an der Stelle, wo man die Creme aufgetragen hat, und die gehen monatelang nicht weg. Aber über den Streifen wuchern die roten Schuppen weiter, und das ist neben der Vorstellung, dass ich plötzlich Lungenkrebs oder Aids bekomme, das Furchtbarste überhaupt. Wenn mir das jemals passieren sollte, würde ich sofort in ein verlassenes Tal in den Karpaten flüchten und so lange keinem Menschen unter die Augen treten, bis alles wieder normal wäre, so viel steht fest.

Ich ärgere mich wirklich grün und blau über mich. Ich bleibe sogar stehen und reiße von einem Strauch ein paar Zweige ab, was ich sonst gar nicht leiden kann, aber dann denke ich an das Reißverschlussfach in der Deckelklappe des Rucksacks. Dort habe ich den Reiseführer verstaut, und zwischen den Seiten liegt das Flugticket. Im nächsten Augenblick freue ich mich. Obwohl ich es nicht darauf anlege, freue ich mich wie ein Kind. Ich kämpfe ja permanent gegen dieses Gefühl an, mit Johanna eigentlich gar nichts zu tun zu haben, und in solchen Momenten bricht dann alles zusammen. Ob ich es will oder nicht, ich weiß ein paar Sekunden lang ganz genau, dass ich überhaupt keine Lust habe, mit ihr nach Portugal zu fliegen. Schon so eine Sonnestrandbikini-Lust, aber keine wahre oder innere Lust oder wie man das auch immer nennen will. Ich glaube beinahe, dass der Rucksack in dem Mercedes liegen geblieben ist, um mir eine letzte Gelegenheit zu geben, nicht mit ihr ins Flugzeug zu steigen, und diese Gelegenheit werde ich nutzen. Ich werde sie morgen früh anrufen und ihr erzählen, dass der Bergler mich zum Bahnhof gefahren hat und ich erst am Gleis bemerkt habe, dass der Rucksack im Taxi liegen geblieben ist. Ich werde sagen, dass sie schon mal losfliegen soll und ich mit der nächsten Maschine hinterherkomme. Und dann bleibe ich einfach hier und gehe nicht ans Telefon und beantworte keine Mails, und sie wird begreifen, dass nichts ist zwischen uns. Aber weil sie in Portugal ist und sehr gut aussieht, wird sie einen netten Portugiesen kennenlernen, und die beiden werden sich verlieben, und dann wird alles gut. Johanna kommt gar nicht mehr nach Potsdam zurück, sondern macht in Portugal ihre Schauspielausbildung fertig und wird ein großer Star im Fernsehen, weil man ihren Akzent so entzückend findet. Die Ärztin von Lissabon, denke ich, so muss die Serie heißen, und dabei rupfe ich Blatt um Blatt von den abgerissenen Zweigen, ohne im Geringsten daran zu glauben, dass es so passieren könnte. Die Überlegung ist ja bereits vom Ansatz her falsch. Johanna hat das Ticket online gebucht, so dass man es jederzeit wieder ausdrucken kann, aber wahrscheinlich genügt zum Einchecken bereits der Pass. Ich kann mir gar nicht erklären, wieso ich mir die Dinge immer so schönreden muss, obwohl es keinerlei Aussicht für mich gibt und von Anfang an nicht gegeben hat. Ob der Rucksack nun weg ist oder nicht, ich werde fliegen, und zwar zu hundert Prozent.

Und weil das so ist, werfe ich den abgerupften Zweig auf die Straße und wische diese Unsinnsgedanken beiseite. Ich gehe die letzten Meter zu unserem Haus, das ganz am Ende der Straße steht, und hoffe dabei, dass meine Eltern nicht zu Hause sind. Vor allem mein Vater nicht. Der würde mich ungefähr eine halbe Sekunde lang ansehen und sich dann nach meinem Gepäck erkundigen. Er besitzt einen sechsten Sinn, was solche Sachen betrifft. Und obwohl er so viel Geld hat, dass er es kaum zählen kann, würde er mich zwingen, den Rucksack auf der Stelle wiederzubeschaffen, Bergler hin oder her. Er versteht keinen Spaß in diesen Dingen, wirklich nicht. Jeden Schal und jeden Pullover, den ich früher verloren habe, musste ich suchen gehen, und als ich nach dem Skifahren einmal seine Handschuhe auf dem Autodach vergessen habe, hätte er mir beinahe die Beziehung gekündigt. Er hat nicht nur von einem materiellen Verlust, sondern außerdem von einer maßlosen Respektlosigkeit ihm gegenüber gesprochen. Ich musste allen Ernstes die vierzig Kilometer zu dem Skilift zurückfahren und die Handschuhe suchen gehen. Ich habe sie auch wiedergefunden, zwei rote Fäustlinge, steif gefroren, aber unversehrt auf dem zerspurten Schnee bei der Parkplatzausfahrt. Als ich sie ihm dann zurückgegeben habe, hat er sich nicht einmal bedankt. Er hat nur genickt und gesagt, ich könne daran sehen, dass es sich lohnt, mit den Dingen achtsam umzugehen. Diese lästige Fahrt, hat er gesagt, hätte ich mir zum Beispiel erspart. Dann hat er mir noch einen Vortrag über mein Verhältnis zum Geld gehalten, und in diesem Moment habe ich ihn wirklich gehasst. Nicht, weil er im Unrecht gewesen wäre. Ich wusste ja, dass aus seiner Perspektive alles stimmt, was er sagt. Vor allem wissen wir aber beide, er noch besser als ich, dass meine Mutter im Umgang mit Geld die lässigste Person auf der Welt ist. Sie verliert ständig ihr Portemonnaie und steckt Kreditkarten und Banknoten in alle möglichen Taschen und Schubladen, und wenn man auch nur zwei Minuten lang im Haus Ausschau nach Barem hält, findet man was. Im Gegensatz zu allen meinen Freunden habe ich meine Eltern früher nie bestehlen müssen, weil das Geld bei uns einfach herumliegt. Zwischen irgendwelchen Schmierzetteln im Telefonkästchen oder im Brotkorb in der Speisekammer oder unter dem Garderobenschrank. Wenn ich es

nicht genommen hätte, wäre es vermutlich ins Altpapier geworfen worden, oder die Putzfrau hätte es eingesteckt. Als
ich mit fünfzehn dann ein paarmal schwer betrunken nach
Hause kam, war ich hinterher nicht einmal mehr auf das ge-
fundene Geld angewiesen, weil meine Mutter mir bei jeder
Gelegenheit Scheine zugesteckt hat, um mir zu zeigen, wie
lieb sie mich hat. Was ich eigentlich damit sagen will, ist,
dass der Vortrag meines Vaters jeder Grundlage entbehrt
hat, und ich diese absurde Szene nur ihm zuliebe ertragen
habe. Damit er sich nicht wieder aufregt und sein Herz
schont, bei der vielen Arbeit und dem Stress, dem er dauernd
ausgesetzt ist. An sich mag ich ihn nämlich schon und habe
auch gehörig Respekt vor ihm, nur haben wir kaum gemein-
same Themen. Keine Schnittmenge, so würde mein Vater
das formulieren, er drückt sich gerne in exakten Begriffen
aus.

Aus diesen Gründen jedenfalls hoffe ich, dass er nicht zu
Hause ist. Ich müsste ihm ja nicht nur den Rucksack sondern auch das kaputte Auto erklären, und dafür habe ich
jetzt wirklich keine Zeit. Ich will ja auf das Filterwochenende, und zwar möglichst rasch. Ich krame den Schlüssel
aus der Hosentasche, sperre die Haustür auf, und als ich in
das erleuchtete Entree trete, rufe ich ein zaghaftes Hallo in
den Raum. Obwohl im Haus überall Licht brennt, bekomme ich keine Antwort. Vielleicht habe ich Glück, und es ist
nur mein Bruder daheim. In der Einfahrt stehen ein paar
Räder, und bestimmt sitzt er mit seinen Freunden oben in
seinem Zimmer und spielt Videospiele oder guckt DVD. Ich
gehe durch die Eingangshalle ins Wohnzimmer, wo aus den
versteckten Boxen Hip-Hop dröhnt, und dann in die Kü-

che. Auf der Anrichte stapeln sich Pizzakartons mit angebissenen Reststücken darauf, und auf dem Tisch stehen eine
Menge leerer Rigoflaschen herum, dieses widerliche Ba-
cardimischgetränk, das momentan so penetrant beworben
wird. Ich öffne die Kühlschranktür und versuche nicht ein-
zuatmen, weil es ziemlich stinkt, dann wühle ich in den Fä-
chern nach etwas Essbarem, finde aber nichts. Es liegen nur
ein paar steinharte Parmesanklumpen darin, in verschiede-
nen Plastikschälchen schwimmen vergammelte Antipasti,
im Seitenfach befinden sich Becher mit eingedickter Diät-
schlagsahne, und daneben steht eine Schale mit uralten Erd-
beeren, die von einer feinen Schimmelschicht überzogen ist.
Als ich eine Alufolie aufwickle, halte ich ein bläulich verfärb-
tes Stück Fleisch in den Händen, das die scharfe Grundsub-
stanz des Gestanks abgibt. Das einzig Genießbare im Kühlschrank sind die Aloe-Vera-Kapseln und der Sauerkrautsaft,
den meine Mutter jeden Morgen trinkt, und außerdem eine
Armada Actimeljoghurts, die in ihren bombenähnlichen
Verpackungen das ganze untere Fach besetzen. Das Verfalls-
datum zeigt den morgigen Tag an, aber ich habe ja keinen
Durst, sondern Hunger, deshalb stelle ich die Trinkjoghurts
wieder zurück. Ich nehme das vergammelte Stück Fleisch
und werfe es in den überquellenden Biomüll, und dabei fällt
mir ein, dass unsere Putzfrau vor kurzem eine Nierenope-
ration hatte. Deshalb sieht es hier gar so schlimm aus. Die
Tür zur Speisekammer öffne ich nicht, weil mich dahinter dasselbe wie im Kühlschrank erwartet, die Mehlmotten
hinzugenommen. Stattdessen greife ich mir ein Pizzaeck
von einem der Kartons, reiße den angebissenen Rand ab und
esse es im Stehen auf. Ich spüle das Ganze mit einem Schluck
Leitungswasser hinunter, dann laufe ich nach oben ins Com-

puterzimmer, um zu schauen, wo das Filterwochenende dieses Jahr stattfindet. Das heißt, bevor ich nach oben laufe, mache ich noch einen Abstecher ins Arbeitszimmer meines Vaters und stelle mir ein Rezept für die Dermatop-Salbe aus. Ich reiße ein Blatt von dem Rezeptblock ab, der auf dem Schreibtisch liegt, knalle einen Stempel drauf und schmiere ein paar Striche hin, die *Böhm* bedeuten könnten. Als ich das Blatt zum Trocknen in der Luft herumwedele, bemerke ich den braunen Din-A4-Umschlag, der obenauf im Briefkorb liegt. Der Umschlag ist bereits frankiert und verschlossen, und vor allem ist er an mich adressiert. Das bringt mich ins Schwitzen, Post aus der Heimat ist selten gut. Meistens stecken in den Kuverts Zahlungsbescheide vom Potsdamer Ordnungsamt, wegen Falschparkens oder weil ich geblitzt worden bin. Mein Auto ist ja auf meinen Vater zugelassen, und deshalb schickt das Ordnungsamt die Bescheide an ihn, und er schickt sie dann an mich. Ich reiße das Kuvert auf und sehe, dass es diesmal etwas anderes ist. In dem Kuvert befindet sich ein Stapel identischer Papiere mit endlosen Tabellen und Ziffern. Oben, auf dem Dokumentkopf, ist ein mattgoldenes Schiffsemblem aufgedruckt, und am unteren Rand steht neben einigen anderen Namen auch meiner. Dort hat mein Vater Blatt für Blatt gelbe Post-its mit dem Vermerk *Bitte unterschreiben!* aufgeklebt. Ich brauche ein paar Sekunden, um das Ganze zu erfassen, aber dann lese ich, dass ich Teileigentümer der *MS Rotterdam* mit Heimathafen Bristol bin und die Gewinnausschüttung abzüglich diverser Steuern einen Betrag ergibt, der mich beinahe schwindlig macht. Ich schaue ehrfürchtig auf die Summe und auf das goldene Schiffsemblem, und aus irgendeinem Grund geht es mir sehr nahe, Teileigentümer eines Containerschiffs zu sein. Ich stelle mir meinen Vater vor, wie er sich das zusammen mit seinem Steuerberater ausgedacht hat und wie er überhaupt immer alles so wunderbar für mich regelt. Dann sehe ich sein überarbeitetes Gesicht mit den tiefen Augenringen darin und denke mit echter Wärme an ihn. Er ist wirklich ein feiner Mensch, und natürlich hat er Recht mit dem, was er sagt. Ich muss noch eine Menge von ihm lernen, sonst werde ich nie ein seriöser Mensch, und was immer ich vorhin Nachteiliges über ihn gesagt habe, nehme ich uneingeschränkt zurück. Ich möchte ihm das jetzt gerne schreiben, dass ich ihm sehr dankbar bin und versuchen werde, etwas achtsamer mit meinen Sachen umzugehen, aber leider liegt nirgendwo ein Zettel herum. Außerdem wüsste ich gar nicht, wie ich das auf die Schnelle formulieren könnte. Stattdessen unterzeichne ich ihm die Schiffspapiere. Achtmal setze ich meine Unterschrift auf die schwarze Linie, und auf einen der Post-its schreibe ich: *Vielen herzlichen Dank!* Dann ordne ich die Blätter auf dem Schreibtisch zu einem hübschen Fächer, lege den Kugelschreiber daneben und gehe nach oben.

Schon auf der Treppe schlägt mir ziemlicher Lärm entgegen, und als ich in den großen Vorraum komme, von wo die Zimmer abgehen, verdichtet er sich zu einem echten Spektakel. Der Lärm kommt aus dem Zimmer meines Bruders und setzt sich aus digitalen Ballergeräuschen, Todesschreien und gelegentlichen Triumphrufen von ihm und seinen Freunden zusammen. Die Zimmertür ist angelehnt, der schmale Wandausschnitt, den ich durch den Spalt erkennen kann, ist in flackerndes blaues Licht getaucht, und die Szene dahinter kann ich mir bestens vorstellen: Er sitzt mit ein paar Freunden auf dem Boden, jeder hält einen Joystick in der Hand, und gemeinsam starren sie auf den großen, viergeteilten Flachbildschirm, den er sich zum Geburtstag gewünscht hat, und spielen *Counterstrike* oder *Quake* oder so etwas Ähnliches. Zwei seiner Freunde haben dazu noch ihre eigenen Konsolen mitgebracht, die haben sie zusammengesteckt, und jetzt schießen sie gegenseitig auf ihre ekelhaften Bildschirmfiguren und haben einen Mordsspaß dabei, obwohl draußen die fabelhafteste Sommernacht ist und man weiß Gott was anderes anstellen könnte. Während ich mir das alles vorstelle, vergeht mir jegliche Lust, meinen Bruder zu begrüßen. Ich trete ganz vorsichtig auf, damit die Holzdielen nicht knarren, und gehe ins Computerzimmer. Ich setze mich an den Schreibtisch, fahre den Rechner hoch, und kurz darauf öffne ich den Browser und tippe die Adresse des Filterwochenendes in die Tastatur. Nicht einmal eine Minute dauert das, dann sehe ich schon, dass diesmal am Paradiso bei Hirschau gefeiert wird. Der Paradiso ist eine lang gestreckte Kaolingrube mit feinem weißem Sand und weichem, fast aquamarinblauem Wasser; ein ganz feiner Ort, den ich noch von früher kenne, und mit dem Auto werde ich in gut zwanzig Minuten dort sein.

Bevor ich den Computer ausschalte, überprüfe ich noch ein paar Dateiordner im Windowsmenü, und obwohl ich es fast schon geahnt habe, werde ich wütend. Unter *Cookies* und *Recent Samples* und noch zwei anderen Ordnern werden massenhaft Pornofiles eingeblendet, so viele, dass der graue Steuerungsblock oben auf dem Kontrollbalken auf Streichholzdicke zusammenschrumpft. Die neuesten Files tragen das aktuelle Datum und die Uhrzeit 17:28. Da haben meine

Eltern wahrscheinlich einen Spaziergang gemacht, und mein Bruder hat sich währenddessen vor dem Bildschirm einen runtergeholt. Um zu sehen, welche Motive er dafür benutzt hat, klicke ich eines der aktuellen Files an. Es poppt das Bild einer sehr jungen Asiatin auf, die mit zwei Männern gleichzeitig beschäftigt ist und dabei demütig in die Kamera blickt. Das nächste Bild gleicht dem ersten beinahe aufs Haar, nur dass der Asiatin zusätzlich ein dritter Schwanz in den Mund geschoben wird. Noch ein Bild weiter sieht man ihr Gesicht in Großaufnahme, das jetzt über und über mit Sperma bedeckt ist. Beinahe alle Files, die ich sehen kann, sind von der Adresse *asianstreetmeat.com* aufgerufen worden, und das bedeutet, dass mein Bruder seinen Geschmack geändert hat. Als ich vor ein paar Jahren die Pornofiles zum ersten Mal auf dem Rechner entdeckt habe, waren hauptsächlich amerikanische Collegegangbangszenen gespeichert, und ich glaube, dass diese neuen Bilder eine Wendung zum Schlechten bedeuten. Diese asiatische Sache ist ja noch viel abstrakter als die Collegepornos. Da hat er wenigstens noch Mädchen und Situationen gesehen, die potenziell erreichbar waren, adrette Blondinen mit Tennissöckchen und Cheerleader mit glitzernden Röckchen und so weiter. Und jetzt hat er sich in diese mit Vergewaltigungsmotiven angereicherte Thaiexotik geflüchtet, als würde er überhaupt nicht mehr daran glauben, jemals eine Freundin zu bekommen. Während ich die Files lösche, bekomme ich eine wirkliche Wut auf ihn. Nicht so sehr wegen der Bilder, das machen ja alle Jugendlichen, die einen Computer zu Hause haben. So wie ich früher heimlich ins Wohnzimmer geschlichen bin, um die ganzen Erotikfilme im Nachtprogramm zu gucken – *Schulmädchenreport* und *Emanuelle* und wie sie alle heißen

– gehen die jetzt eben an den Rechner, um sich dort die Frauen anzusehen. Das kann ich wirklich verstehen. Es ist ja viel einfacher verfügbar und außerdem viel direkter und härter, aber was mich wütend macht, ist, dass er die Sachen nicht wieder löscht. Als ich die Pornofiles damals entdeckt habe, habe ich ihm einen Brief geschrieben und ihm genau die Ordner genannt, auf die er achtgeben muss. Wir haben natürlich nie ein Wort über diesen Brief verloren, das wäre uns beiden furchtbar peinlich gewesen, aber immerhin hat er sich bis vor ein paar Monaten daran gehalten und seine Spuren beseitigt. Ich überlege mir, ob ich nicht ein paar Grundeinstellungen im Explorer ändern soll, damit er keinen Zugriff mehr auf die Seiten hat, aber dann lasse ich es bleiben. Wir haben ja ohnehin nicht viel miteinander zu tun, und er würde sicher schnell darauf kommen, dass ich die Änderungen vorgenommen habe, und das würde unsere Beziehung restlos zerstören. Viel mehr als diese Seiten hat er im Moment ja auch nicht. Solange ich mich erinnern kann, hat er noch nie ein Mädchen mit nach Hause gebracht, sondern immer nur diese Jungs aus seiner Klasse, diese verhuschte Aktenkofferfraktion, mit denen er sich in sein Zimmer setzt, *Games Aktuell* und die neue *Maniac* durchblättert und Tag und Nacht diese trostlosen Konsolen spielt. Ich weiß wirklich nicht, was da schief gelaufen ist. Er ist nicht gerade ein Don Juan, aber auch keineswegs hässlich. Er ist nur ein bisschen schlaksig, und seine Schuppenflechte ist vielleicht einen Tick stärker ausgeprägt als die meine, aber auf keinen Fall wirkt er irgendwie abstoßend oder eklig. In bestimmten Momenten kann er sogar sehr amüsant sein. Da macht er trockene Witze, die überhaupt nicht plump, sondern sehr scharfsinnig sind, und in solchen Situationen finde ich, dass er richtig gut aussieht. Irgendwie schelmisch und das auf eine sehr liebenswerte Art. Vielleicht hätte ich ihm das öfter sagen sollen, dann hätte er seine Witze auch manchmal außer Haus gemacht und nicht nur in der Familie, wo ihn sowieso jeder mag. Ich habe ihm aber meistens nur zu verstehen gegeben, dass ich seine Freunde und seinen Lebensstil absolut langweilig und angepasst finde. Ich dachte, das würde ihn motivieren, etwas daran zu ändern, aber offenbar war es die falsche Methode. Allerdings haben wir auch großes Pech gehabt. Ich meine damit, dass unser Problem kein persönliches, sondern ein zeitliches ist. Sebastian ist genau sieben Jahre jünger als ich, und ungünstiger könnte der Abstand für eine Geschwisterbeziehung weiß Gott nicht sein. Als er zur Welt kam, war ich schon in der Schule, als er zur Schule kam, war ich in der Pubertät, und als er in die Pubertät kam, bin ich bereits von zu Hause ausgezogen. Jeder musste sich zwangsläufig immer mit etwas anderem beschäftigen, und die Phasen dazwischen waren zu kurz, als dass dabei etwas hätte entstehen können. Sieben Jahre ist so ein Abstand, wo man sich nur verpassen kann. Das ist einfach ein Gesetz. Auf der anderen Seite ist das aber überhaupt kein Grund, den Kopf in den Sand zu stecken und die Beziehung abzuschreiben. Er ist ja mein Bruder, und ich werde immer für ihn da sein. So kitschig sich das anhört, ich werde trotzdem für ihn da sein. Ich meine nicht nur Pornofiles von der Festplatte löschen, damit mein Vater sie nicht entdeckt, sondern spreche von richtigen Erlebnissen und echter Freundschaft. Spätestens, wenn er oder ich Kinder bekommen, wird sich das so ergeben, aber wahrscheinlich schon viel früher. Bestimmt schon, wenn er zu studieren anfängt, in zwei, drei Jahren. Dann werde ich der Erste sein, der ihm beim Packen hilft und den Umzugstransporter fährt und seine Möbel in die neue Wohnung schleppt. Und abends werden wir dann auf den Umzugskartons sitzen, Pizza bestellen und Bier trinken und uns an vergangene Urlaube erinnern und alles. So wird das in der Zukunft sein, das weiß ich ganz genau.

Während ich mir das ausmale, wird mir richtig warm im Bauch. Ich möchte Sebastian jetzt doch noch Hallo sagen, deshalb fahre ich den Rechner runter und gehe zu seinem Zimmer. Als ich an die angelehnte Tür klopfe, wird es dahinter still. Nur der bläuliche Lichtschein auf dem schmalen Wandausschnitt bleibt unverändert, und in dieser Stille wirkt das richtig unheimlich. Dann stoße ich die Tür auf und blicke in vier Gesichter, die mir halb verschreckt, halb tückisch entgegenschauen und in die ich spontan hineintreten möchte, weil sie so uninteressant und durchschnittlich sind. Das Gesicht meines Bruders ist nicht darunter. Die Burschen, die sich da wie eine Krankheit in seinem Zimmer ausbreiten und eben noch so frech herumgeschrien haben, sind die, die ihn kaputtmachen und seine Entwicklung behindern. Alle vier sehen sie aus wie aus dieser LBS-Werbung, so wie dieser magere Verlierertyp, der zur Konfirmation einen Bausparkassenvertrag geschenkt bekommt und zwanzig Jahre später seine dreckige kleine Rache an dem anderen übt. Zwei von ihnen, Jochen und Fabian, kennen mich und sagen, dass mein Bruder zur Tankstelle gefahren ist, um Getränke zu holen, aber darauf gehe ich gar nicht ein. Ich sehe sie eiskalt an und sage, dass sie ihre Pizzakartons in der Küche wegräumen sollen. Sie nicken mechanisch, rühren sich aber keinen Zentimeter, sondern gucken verdruckst in Rich-

tung des Bildschirms. Weil sie vergessen haben, den Spiel-
modus auf Pause zu stellen, werden gerade zwei ihrer Figuren von ein paar Monstern niedergemetzelt, und dazu
setzen wieder diese widerlichen Geräusche ein. Ich warte so
lange, bis das Energieniveau der beiden Figuren auch wirklich auf Null abgesunken ist, und als das geschieht, über-
ziehen sich die beiden Bildschirmviertel blutrot, und der
Schriftzug *Game Over* blinkt auf. Ich sage den Burschen,
dass sie meinem Bruder einen schönen Gruß ausrichten sollen, und gehe hinaus. In meinem Rücken murmeln sie noch
ein halbes Auf Wiedersehen, und sie tun das in einem Tonfall, als wäre ich irgendein Erwachsener, den sie tief drinnen
inbrünstig hassen und dem sie nichts sehnlicher wünschen
als einen langsamen, qualvollen Tod.

8

Ein paar Minuten später sehe ich meinen Bruder dann doch noch. Er kommt mir auf dem Weg zur Tankstelle entgegen, wo ich noch vorbeifahren muss, weil die Benzinanzeige im Auto meiner Mutter auf Reserve steht. Er hält eine Jute-tasche in der einen und ein paar Chipstüten in der anderen Hand und radelt sehr langsam die schlecht beleuchtete Stra-ße hinunter, so als hätte er gar keine Lust, nach Hause zu kommen. Ich drücke wie wild auf die Hupe und rufe seinen Namen zum Seitenfenster hinaus, aber er sieht nur vage und völlig abwesend in meine Richtung und tritt weiter so lasch in die Pedale, ohne mich zu erkennen. Dann beugt er sich über den Lenker und setzt den Dynamo in Gang. Das macht mich beinahe wieder wütend, weil es so typisch ist für ihn. Irgendjemand schreit ihm auf der Straße etwas entgegen, und im nächsten Augenblick bückt er sich schon und macht sein Licht an. Im Rückspiegel sehe ich, dass er dabei ins Schlingern gerät, aber im letzten Moment fängt er den Sturz noch ab und kommt auf der Straße zum Stehen. Er lässt die Chipstüten fallen und streckt mir den Mittelfinger hinter-her und zwar so, wie man es in der Grundschule macht: Stra-ße, Kreuzung, Hochhaus, Antenne. Nur die Wolke kommt nicht.

Dann wird seine Gestalt auch schon von der Dunkelheit verschluckt, und ich setze den Blinker und biege in die hell erleuchtete Araltankstelle ein. Ich halte an der vordersten Zapfsäule an, nehme ein paar kräftige Züge von dieser stickigen Benzinluft und tanke den Wagen voll. Oben, auf dem Griff der Zapfpistole, bei der ich das kleine Metallhebelchen eingehakt habe, so dass automatisch getankt wird, ist eine Marlborowerbung aufgedruckt. Galoppierende Schimmel vor einer Bergkulisse, und zuerst denke ich, dass es schon zweifelhaft ist, an den Zapfsäulen Werbung für Zigaretten zu machen, weil das Rauchen an diesem Ort ja gefährlich und verboten ist, aber dann sage ich mir, dass sowieso überall alles beworben wird und es deshalb überhaupt keine Rolle spielt. Außerdem sehen die Pferde ganz hübsch aus, und wörtlich genommen passen sie ja sehr gut auf diese Werbefläche. Während ich sie betrachte und das Benzin mit einem saugenden Geräusch in den Tank fließt, kommt mir noch einmal der Bergler in den Sinn. Ich muss an die Zeit denken, als wir noch befreundet waren, und vor allem an unsere Tankstellenaktion. Das war vor zehn Jahren ungefähr, genau gesagt, als diese Bohrinsel in der Nordsee versenkt werden sollte, die Brent Spar. Alle fanden das damals ja eine große Schweinerei, der Bergler natürlich besonders, und gemeinsam mit Vincent sind wir dann auf die Idee gekommen, eine Shell-Tankstelle in die Luft zu sprengen. Das ist jetzt kein Witz, sondern mein voller Ernst. Wir hatten uns damals einen wirklich guten Plan ausgedacht. Und zwar haben wir uns ein langes Aluminiumrohr besorgt, eine Dose Fensterkitt und ein Fläschchen Petroleum. In der fünften, sechsten Klasse schießen ja alle wie wild mit ihren leeren Tintenkillerröhrchen so spuckegetränkte Papierfetzen im Klassenzimmer herum, und das Prinzip war davon abgeguckt. Wir haben aus Fensterkitt kleine Kugeln geknetet, sie mit Zigarettenpapier umwickelt und dann in Petroleum eingelegt. Mit diesen Geschossen und dem Alurohr hat der Bergler sich in einem Gebüsch schräg gegenüber der Tankstelle versteckt und Vincent hat von einer Telefonzelle aus im Shop angerufen und gesagt, dass in einer Minute alles in die Luft fliegt. Sobald die Angestellte draußen gewesen wäre, hätte ich, von Kopf bis Fuß vermummt, von meinem Versteck loslaufen und einen der Zapfschläuche mit eingerastetem Hebel auf den Boden legen sollen, damit das Benzin herausfließt. Und der Bergler hätte kurz darauf ein brennendes Fensterkittgeschoß in die Benzinlache gefeuert. So war das gedacht, aber es kam dann nicht dazu, weil die Angestellte nicht aus dem Shop lief. Vielleicht war sie lebensmüde, oder Vincent hat am Telefon nicht überzeugend genug geklungen, jedenfalls blieb sie hinter der Kasse stehen, und drei Minuten später war dann die Polizei da, und wir mussten verschwinden. Wenn ich mich jetzt daran erinnere, wird mir noch einmal mulmig zumute, weil wir diese Sache wirklich durchgezogen hätten. Keine Ahnung, ob es an den Drogen lag oder einfach daran, dass wir so jung waren, jedenfalls waren da so bestimmte Grenzverschiebungsmechanismen am Werk, die das Ganze in eine halb spielerische Ecke gerückt haben. Ich weiß noch, dass Vincent immer davon gesprochen hat, dass es ja wie in dem Magischen Theater beim *Steppenwolf* ist, wo die ganzen Autos abgeschossen werden, und für mich war es einfach eine krasse Aktion. Nur der Bergler, glaube ich, hat dem Ganzen eine richtige Bedeutung beigemessen, nur er hat die Tragweite wirklich erfasst, von ihm ging ja auch die Initiative aus.

Na ja, es ist ja noch mal gut gegangen, und wahrscheinlich wäre die Tankstelle sowieso nicht explodiert. Bestimmt sind irgendwelche Sicherheitsvorrichtungen in die Zapfsäulen eingebaut, die solche Anschläge verhindern, sonst würden diese Dinger ja ein permanentes Sicherheitsrisiko darstellen, und das ist in Deutschland sicher verboten. Dann kommt mir aber noch ein Gedanke in den Sinn. Er hört sich aufs Erste vielleicht etwas seltsam an, ich sage ihn aber trotzdem mal. Und zwar glaube ich, dass es für Jugendliche, für ihre Entwicklung und ihre Weltsicht und alles, besser ist, irgendwann einmal zu versuchen, eine Tankstelle in die Luft zu sprengen, als so ein frustrierter Konsolenspieler zu werden. Wirklich. Ich glaube, dass die ganzen Leute später nicht so vollkommen kaputt durch die Welt laufen würden, wenn sie so was mal ausprobiert hätten. Diese ganzen Spiele und auch die Fernsehformate, die in den vergangenen Jahren so erfolgreich waren, würden dann überhaupt nicht funktionieren, und die bereiten die Gesellschaft ja in aller Konsequenz auf den nächsten Krieg und die nächsten Konzentrationslager vor, so viel ist sicher.

Mit einem Klicken schnappt der Metallhebel aus dem Verschluss der Zapfpistole, und das saugende Benzingeräusch hört auf. Ich stecke die Pistole in ihre Halterung zurück, schraube den Tankdeckel zu und gehe zum Bezahlen in den Shop hinein. Innen ist viel Betrieb, hauptsächlich Schüler, die sich Sixpacks und andere Alkoholika aus den Regalen holen, und in der Imbissecke stehen ein paar Motorradfahrer an einem runden Tisch zusammen und essen Wiener mit Semmeln und Senf. Ich nehme mir eine Dose Bier aus dem Kühlregal, dann stelle ich mich in die Kassenschlange und warte, bis ich an die Reihe komme. Vor mir steht ein ziemlich dickes Mädchen, das aussieht, als hätte es gerade erst den Führerschein gemacht, und als es bezahlen will, fällt ihm auf, dass es zu wenig Geld dabei hat. Ihre Haltung wird richtig weinerlich, und weil sie mir aufrichtig leidtut und ich vorhin noch zwei Hunderter aus dem Telefonkästchen genommen habe, werfe ich einen der Scheine auf die Theke und sage, dass ich für uns beide bezahle. Die Tankstellenverkäuferin und auch das Mädchen schauen mich vollkommen entgeistert an, so als hätte ich statt des Hunderters ein abgeschnittenes Ohr aus der Tasche gezogen, aber das stört mich nicht im Geringsten. Die Verkäuferin fragt mich zweimal, ob ich auch sicher bin, und als ich nicke, hält sie den Schein stundenlang unter ihr Schwarzlichtgerät. Der Hunderter ist aber echt, deshalb bleibt ihr nichts anderes übrig, als die Kasse zu öffnen und mir das Wechselgeld zu geben. Ich wünsche ihr noch einen schönen Abend und schlendere sehr entspannt aus dem Shop hinaus. Das Mädchen, dem ich die Rechnung bezahlt habe, läuft dabei neben mir her und fragt dauernd nach meiner Kontonummer, aber ich sage bloß, dass ich heute im Lotto gewonnen habe und es außerdem eine so tolle Nacht ist, dass sie das Ganze als Geschenk begreifen soll. Ich lächle ihr zu, dann setze ich mich in den vollgetankten Wagen, öffne das Schiebedach und die Dose Bier und fahre los. Ich nehme die Südosttangente, die die Innenstadt in einer weiten Schleife umläuft, und biege bei Ullersricht auf die Bundesstraße nach Hirschau ab. Über mir leuchten die Sterne, und der Mond, den ich bei Patrizia im Auto noch so groß und gelb habe aufgehen sehen, steht jetzt blass und klein im rechten oberen Viertel der Windschutzscheibe. Ich schalte das Radio ein und schiebe eine

CD in das Laufwerk, und aus den Lautsprechern kommt eine Arie von Händel, aus der Oper *Xerxes* oder *Ophelia*, glaube ich. Meine Mutter hört beim Autofahren immer klassische Musik, und obwohl ich normalerweise kaum etwas damit anfangen kann, gefällt mir die Arie gar nicht so schlecht. Die Frauenstimme ist sehr schrill, aber die Melodie ist ungemein schön, und deshalb drehe ich den Lautstärkeregler bis zum Anschlag hoch und fahre mit dieser fantastischen Musik geradewegs auf das Filterwochenende zu.

Ein paar Kilometer später, bei Etzenricht, wird meiner Stimmung aber ein Dämpfer versetzt. Die Straße läuft schnurgerade auf die Etzenrichter Kreuzung zu, und schon aus einiger Entfernung kann ich sehen, dass dort jemand am Straßenrand steht. Ich gehe vom Gas, um mir die Person ein bisschen genauer anzuschauen. Ich habe nämlich keine Lust, mir so einen besoffenen Kreisligakicker ins Auto zu laden. Das ist mir auf dieser Strecke schon öfter passiert. Die Dörfer links und rechts haben ihre Sportplätze gleich an die Straße gebaut, und samstags nach den Spielen saufen sich die Vereinskameraden dort ihre Hirnrinde weich. Wenn sie dann vollkommen hinüber sind, stellen sie sich an die Straße und strecken ihren Daumen raus, damit sie jemand nach Hause kutschiert. Was mich daran ärgert, ist, dass sie selbst niemals einen Anhalter mitnehmen würden, weil sonst das Polster oder die Fußmatte in ihrem aufgemotzten Auto irgendeinen Schaden nehmen könnte. Beim Näherkommen sehe ich aber, dass eine Frau an der Kreuzung steht, eine ziemlich attraktive noch dazu. Sie trägt ein knielanges Kleid, das ihre Kurven betont, und ihr schwarzes Haar ist zu einem Pagenkopf frisiert, der ihr Gesicht scharf umrahmt. Ich fahre rechts ran und lasse die Scheibe hinunter, und die Frau sagt in gebrochenem Deutsch: Frankreich. Yes, sage ich, yes, und öffne die Beifahrertür. Sie steigt aber nicht ein, sondern dreht sich um und ruft etwas in die Dunkelheit. Es klingt tschechisch oder polnisch vielleicht, zwei kurze, hart betonte Worte, und im nächsten Moment arbeitet sich hinter ihrem Rücken ein langhaariger Typ mit einem Seesack den Straßengraben hoch. Der Typ ist schlank und braun gebrannt und sieht aus wie Jesus in den Schulbüchern: wallendes dunkelbraunes Haar, ein zerzauster Bart und kohlschwarze Augen in einem hageren Gesicht. Ich habe die allergrößte Lust, das Gaspedal bis ins Bodenblech zu treten und auf Nimmerwiedersehen davon zu rasen, aber leider fehlt mir dazu der Schneid.

Der Typ wuchtet den Seesack auf die Rückbank, und weil die beiden überhaupt keinen Anstand haben, setzt er sich nach vorne auf den Beifahrersitz und sie sich nach hinten in den Fond. Er grinst mich an und sagt in einem kratzigen Englisch, dass er Pjotr heißt und sie Elena. Alex, sage ich und schüttle ihm die Hand. Ich versuche ihm zu erklären, dass ich sie bei Hirschau schon wieder absetzen muss, aber Pjotr zuckt nur mit den Schultern und sagt: No problem, just relax. Dann fragt er, ob er im Auto rauchen darf, und als ich nicke, holt er einen Tabakbeutel aus der Tasche. Er dreht zwei dünne Zigaretten, reicht eine davon nach hinten und fängt zu reden an. Er erzählt mir, dass sie heute früh in Krakau losgetrampt sind und auf ein französisches Theaterfestival wollen. Ich höre nur mit halbem Ohr hin, weil ich mich auf den Rückspiegel konzentriere und Elena beobachte. Jedes Mal wenn sie von ihrer Zigarette zieht, leuchtet ihr Gesicht im Schein der Glut auf, und mit jedem Zug wird sie schöner. Unerträglich schön geradezu. Mit ihrem gemeißelten Pagenkopf und den scharf geschnittenen Augen erinnert sie mich beinahe an Kleopatra. Ich begreife auch überhaupt nicht, warum sie mit diesem Pjotr zusammen ist. Ehrlich gesagt, frustriert es mich sogar. Die Beziehung im Allgemeinen, und ganz besonders die Vorstellung, dass die beiden nachher gemeinsam ins Zelt kriechen werden. Dann fällt mir ein, dass ich heute Nachmittag schon einmal mit einer sehr attraktiven Frau im Auto gesessen bin. Ich frage mich, ob das irgendwas zu bedeuten hat, also ob ein System dahinter steckt und ich in Zukunft immer mit so Spitzenfrauen durch die Gegend fahren werde, die sich völlig verkorksten Typen in die Arme geworfen haben. Außer dass sie so Stereotype sind, die auf einer Negativskala die genau entgegengesetzten Pole markieren, lässt sich über Pjotr und Konrad ja nicht das Geringste sagen.

Das heißt, zumindest über den Konrad nicht. Über den Pjotr leider schon. Er deutet plötzlich auf das Radio und sagt etwas, das sich wie Rinaldo und excellent music anhört. Dazu macht er eine fuchtelnde Bewegung mit seiner rechten Hand und sagt: Composer, modern composer. Ich verstehe zuerst nicht, was er meint, aber mit der Zeit begreife ich, dass er selbst komponiert, Filmmusiken vor allem, und dass er sogar an dem Soundtrack zu dem letzten Polanski-Film mitgearbeitet hat. Das sagt er zumindest, und aus irgendeinem Grund glaube ich es ihm. Vielleicht weil er so lässig aussieht, so als ob es ihm viel zu anstrengend wäre, zu schwindeln. Ich frage ihn, ob er damit nicht eine Menge Geld verdient hat, und er sagt: Not so much. Und weil er den Hintersinn meiner Frage versteht, setzt er hinzu: Hitchhiking is good for inspiration, always change, you know. Ich nicke und sage, dass ich genau derselben Meinung bin. Dann frage ich Elena, was sie so macht, und sie sagt, dass sie Sängerin ist. What kind of songs, frage ich, und sie sieht mir über den Rückspiegel in die Augen und sagt: Polish lovesongs. I'd really like to hear them, sage ich, und ich glaube, ich habe heute noch kein wahreres Wort gesprochen. Irgendwie muss sich das auch in meiner Strimme abzeichnen, weil Elena mich jetzt sehr warm anlächelt. Sie legt mir sogar eine Hand auf die Schulter und fragt: And you?

Ich erzähle ihr, dass ich in Potsdam Drehbuchschreiben studiere, und daraufhin wird sie so richtig lebendig. Sie kennt an der Hochschule nämlich jemanden. Und zwar den Ludek Stepanek. Ausgerechnet den Stepanek. Das hätte ich jetzt lieber nicht gehört. Der Ludek verfolgt mich ja ohnehin auf Schritt und Tritt. Ich meine, die Gedanken an ihn verfolgen mich, nicht er selbst. Er ignoriert mich sogar sehr konsequent. Weil es ihm nicht passt, dass ich immer so gut gelaunt bin und mit allen bestens klarkomme, glaube ich. Er selbst ist nämlich ziemlich verschlossen und hat nur ganz wenige Bekannte, mit denen er auf den Hochschulfeiern immer an der Bar steht und alles und jeden mustert, ohne jemals zu lachen. Leider ist der Ludek aber einer, mit dem man rechnen muss. Trotz seiner altmodischen Herrenanzüge und der großformatigen Brille, die ihm so schief auf der Nase sitzt, sage ich mir dauernd, dass man ihn auf der Rechnung behalten sollte. Keine Ahnung, ob da tatsächlich was dran ist oder ob er sich nur so geschickt inszeniert, ich bemühe mich trotzdem um ihn, weil ich dieses ungute Gefühl nicht loswerde, womöglich einen wichtigen Kontakt zu verpassen.

Ludek is nice, sage ich deshalb, und Elena nickt und sagt: He's really a special one, a very special one. Ich bestätige das und hoffe, dass sie ihm von dieser Autofahrt erzählen werden, weil die ja ein gutes Licht auf mich wirft. Wenn es nicht so peinlich wäre, würde ich sie sogar darum bitten. Je länger ich nämlich an Ludek denke, desto überzeugter bin ich, dass er bald was Außerordentliches zu Stande bringen wird. Irgendeine neue Filmästhetik einführen oder so. Und der Pjotr macht dazu eine fantastische Musik, und die Elena wechselt das Fach und spielt die Hauptrolle in dem Film. Es fehlt nur noch das Drehbuch, und da bin ich genau der richtige Mann. Während ich mir diese glänzende Zukunft mit den dreien ausmale, fahren wir auch schon nach Hirschau hinein, eine dieser trostlosen Durchgangsverkehrsortschaften, wie es sie in der Oberpfalz so oft gibt. Ich bringe die beiden ans Ortsende, und bevor wir uns voneinander verabschieden, drücke ich Pjotr noch Zettel und Stift in die Hand, damit er mir seine Adresse in Krakau aufschreibt. Maybe I come to Poland soon, sage ich, und das meine ich ganz im Ernst. Eben, auf der Fahrt, habe ich mir nämlich vorgenommen, trotz meiner Vorurteile demnächst mal in den Osten zu fahren, in die Tschechei und nach Polen und vielleicht sogar nach Rumänien hinein. Wenn dort so völlig unterschiedliche Gestalten wie Ludek und Pjotr und Elena zusammenkommen, muss da wirklich ein anderes Lebensgefühl herrschen als hier. Ein viel unmittelbareres und herzlicheres irgendwie, jedenfalls nicht so ein übler Separatismus, wie man ihn hierzulande antrifft, wo schon der Haarschnitt festlegt, welche Freunde man hat und mit wem man auf keinen Fall ein Wort wechseln darf. Vielleicht täusche ich mich ja, aber ausprobieren werde ich es in jedem Fall.

9

Wenig später biege ich von der Straße in einen holprigen Feldweg ein und fahre zwischen vertrockneten Maisfeldern langsam auf den Wald zu. Am Waldrand ist ein kleiner Parkplatz abgesteckt, und gleich neben Vincents rotem Jeep stelle ich den Wagen ab. Im Rückspiegel überprüfe ich noch kurz mein Aussehen, dann steige ich aus und gehe durch die Bäume auf den Baggersee zu. Unter meinen Füßen knacken Zweige, ein paarmal schreit ein Vogel etwas in die Nacht, und die dumpfen Bässe der Musik, die ich schon vom Auto aus gehört habe, werden lauter. Kurz darauf lichten sich die Stämme, und als ich vorne an die Waldkante komme, liegt dunkel und glatt der Paradiso unter mir. Der See ist ziemlich groß, so groß wie vier oder fünf Fußballplätze vielleicht, und wird zu allen Seiten von Kiefernwäldern umsäumt. Weite Teile des Ufers sind mit Gestrüpp überwuchert, aber in der breiten Mulde zu meinen Füßen türmen sich so mondlandschaftsartig aussehende Sandberge auf, und gleich am Wasser brennt ein großes Feuer. Rundherum sind ein paar Dutzend Leute: Ich kann Simon erkennen und Vincent, den Luis und die ganzen Mädchen aus der Gloriaclique, wie sie auf Bierbänken und Liegestühlen beisammensitzen und ausgelassen durch die Gegend schreien. Weiter hinten, wo die Musik herkommt, ist ein mit Leuchtschlangen umspanntes

Bundeswehrzelt aufgebaut, und dort, wo der Feuerschein sich so golden auf dem Wasser spiegelt, steht eine dieser alten Fördermaschinen am Ufer; ein Monstrum aus Eisen und Rost und Drähten und einem langen Förderarm, der aus dem Bauch der Maschine ragt. Am äußersten Ende des Förderarms, eine Steinwurfweite vom Ufer weg und fast ebenso hoch über dem Wasser, sehe ich zu meinem Erstaunen zwei Frauen, die am Rand knien und nach unten schauen. Ich glaube beinahe, dass es die Nelly und die Marion sind, und frage mich, was die da oben machen, weil sie bei der Höhe doch unmöglich springen können. Zwei Sekunden später richtet sich die Nelly aber auf dem Förderband auf, spreizt die Arme und stürzt sich mit einem hellen Schrei hinunter. Die Marion bleibt eiskalt sitzen, und mir fällt ein, dass ich heute schon so eine Vorahnung hatte, dass etwas Furchtbares passiert oder jemand stirbt vielleicht. Die Nelly ist ziemlich hübsch, außerdem muss ich daran denken, dass Simon mal gesagt hat, dass sie ganz gut im Bett ist und es doch auch sonst keinen Grund für sie gibt, sich was anzutun. Im selben Moment bemerke ich aber das dünne Seil, das hinter ihr durch die Luft schnellt, und kurz bevor ihr Körper auf die Wasseroberfläche klatscht, strafft es sich und bremst ihren Fall. Sie taucht brusttief in den See ein, wird wieder ein paar Meter nach oben geschleudert und baumelt schließlich kopfüber in der Luft. Die Leute am Feuer johlen jetzt, und dazwischen höre ich Simon schreien, dass er als Nächster dran ist. Ich bleibe noch einen Moment an der Waldkante stehen und sehe wie die Marion von oben eine Strickleiter abrollt, dann zünde ich mir eine Zigarette an und laufe den Abhang hinunter auf das Feuer zu.

Ich komme allerdings nicht sehr weit. Nach ein paar Dutzend Schritten ändere ich abrupt die Richtung, laufe auf den nächsten Sandhügel zu und ducke mich dahinter. Mein Puls schlägt fast so schnell wie vorhin im Kellerloch, als mich die Miriam angetippt hat und ich dachte, es sei die Patrizia. Aber diese Situation hier ist viel schlimmer, hundertmal so schlimm eigentlich. Weil Simon von der Bank aufgesprungen ist, kann ich erkennen, wer neben ihm sitzt, und das ist Leni. Ohne Zweifel die Leni. Soviel ich auch dafür geben würde, dass sie nicht dort sitzt, sie tut es trotzdem, da hilft kein Wünschen und kein Beten und auch nichts sonst. Sie trägt das grüne Kleid, das wir zusammen in Potsdam gekauft haben, hat die Beine übereinandergeschlagen und scharrt mit der Ferse im Sand. Neben ihr sitzt Theresa und redet auf sie ein, und Leni sieht sie aufmerksam an und nickt. Dann nimmt sie einen Schluck Bier und wendet den Kopf in meine Richtung. Sie kann mich in der Dunkelheit unmöglich sehen, ich presse mich trotzdem flach auf den Hügel, mit Gesicht und allem, so dass ich den Sand auf der Wange spüre und ein paar Körner in meinen Mund geraten. Ich beiße auf ihnen herum, spüre das Knirschen zwischen den Zähnen, mehr ein Schaben eigentlich, und dabei fällt mir der Uli Hösl ein. Ich habe seit Ewigkeiten nicht mehr an ihn gedacht, aber jetzt steht er gestochen scharf vor meinen Augen. Der Hösl war so ein hellhäutiger, magerer und ganz verkorkster Typ, der immer in langen schwarzen Mänteln durch die Stadt gelaufen ist und sich bei allen möglichen Partys im Gebüsch versteckt hat. Er hat das getan, um seine Freunde zu belauschen. Er wollte wissen, ob seine Freunde schlecht über ihn reden und was sie dann sagen, aber weil die Leute bloß wie verrückt getrunken haben, haben sie gar nicht viel über ihn nachgedacht. Sie mussten nur immerzu pinkeln, und da haben sie eben auch in das Gebüsch gepinkelt, in dem er saß. Aber der Hösl hat stillgehalten, da war er konsequent. Der hat sich von seinen Freunden ins Gesicht pinkeln lassen und auf den Mantel und sonst wohin, und erst viel später, kurz bevor er sich in Rumänien in eine Schlucht gestürzt hat, hat er es jemandem erzählt und der hat es dann allen erzählt. Ich konnte es damals kaum glauben, aber jetzt kann ich den Hösl verstehen. Ich würde mir auch sofort ins Gesicht pinkeln lassen, um herauszufinden, was Leni gerade sagt und denkt. Nur wächst dort am Ufer nicht ein einziger Strauch. Da ist nur Feuer und Wasser und Sand, und es gibt keine Deckung und kein Versteck, nirgendwo.

Es ist wirklich eine verfahrene Situation, eine unlösbare Situation eigentlich. Das Problem ist ja nicht, dass Leni und ich uns nach der Trennung das erste Mal wieder sehen und jetzt eine ungute Stimmung entstehen könnte. Das Problem ist vielmehr, dass es gar keine richtige Trennung gab. Zumindest aus ihrer Perspektive nicht. Als die Sache mit Johanna anfing, vor fünf, sechs Wochen, wusste ich ja noch nicht, ob sie das Ganze ernst meint oder ob sie mich nicht gleich wieder abservieren wird. Ich kannte sie ja kaum und habe befürchtet, dass ich ihr auf den zweiten Blick vielleicht doch zu hässlich oder zu langweilig bin oder es einfach ihre Art ist, Typen schnell wieder abzuservieren. Solche Frauen gibt es ja, und bei ihrem Aussehen kann sie sich das auch erlauben, keine Frage. Ehrlich gesagt weiß ich es bis heute nicht, und weil ich es damals noch weniger wusste, habe ich mir einen kleinen Trick ausgedacht, um am Schluss nicht alleine dazustehen. Nämlich habe ich Leni gar nicht wirk-

lich zum Teufel gejagt, sondern eine Art Pause mit ihr ver-
einbart. Ich habe zu ihr gesagt, dass das ganze Potsdam-Sys-
tem gerade unendlich viel in mir bewegt und ich mir über
sehr grundsätzliche Dinge unsicher geworden bin und jetzt
unbedingt etwas Zeit für mich brauche. So eine Identitäts-
krise ist das vielleicht, habe ich gesagt. Weil sie trotzdem
noch misstrauisch war, habe ich ihr von einem Drehbuch
erzählt. Dass ich endlich eine Idee habe, für die sich jemand
interessiert und für die ich ganz hart arbeiten muss, damit
das auch was wird und so weiter; und das endlich hat sie mir
geglaubt, weil ich diesen Filmtraum ja schon seit Jahren so
penetrant vor mir herschiebe wie eine Schwangere ihren
dicken Bauch. Und da ich ihre erste große Liebe bin und sie
sehr an mir hängt, war ich mir ziemlich sicher, dass mein
Trick aufgehen würde. Und das ist er bislang ja. Wider Willen hat sie zunächst der Pause zugestimmt und sich dann sogar an meinen Vorschlag gehalten, dass wir uns nur Briefe
schreiben und E-Mails aber nicht miteinander telefonie-
ren. Ich selbst habe mir die Sache im Idealfall als eine Abblende vorgestellt. So wie wenn im Kino das Bild langsam
ins Schwarz gefahren wird und man irgendwann merkt,
dass der Film zu Ende ist. Aber wenn Johanna plötzlich einen
Schnitt gesetzt hätte, hätte man aus der Abblende auch problemlos eine Aufblende machen können, also wie mit einem
Regler am Schnittpult, den man hoch- und runterschieben
und mit dem man das alte Bild wieder einfaden kann.

Im Grunde wäre dieser schäbige Plan auch überhaupt nicht
erwähnenswert, da Leni von Johanna nichts weiß. Nur weiß
leider der Simon von ihr. Ich musste sie ihm bei unserem
letzten Treffen gleich zeigen, damit er sieht, wie gut es in

Potsdam läuft für mich. Ich habe mich hinterher aufs Äußerste verflucht, aber ich konnte nicht anders; wirklich, ich musste es tun. Ich habe ihm zwar das Versprechen abgenommen, niemandem was zu erzählen, aber wenn er so betrunken ist wie im Moment, könnte ihm was rausrutschen. Oder es rutscht ihm was raus, wenn er mich sieht, weil er noch sauer ist wegen der Miriam. Er hat nämlich mitbekommen, dass ich diese lesbische Geschichte ausposaunt habe und mir am Telefon gründlich die Meinung gesagt. Und mir fällt sogar ein dritter Grund ein, weshalb er sein Versprechen brechen könnte: Und zwar wenn er begreift, dass er es unter völlig falschen Voraussetzungen gegeben hat. Ich habe diesen schäbigen Plan ja mit keinem Wort erwähnt, im Gegenteil. Ich habe ihn gebeten, nichts zu sagen, damit Leni es nicht hintenrum erfährt, dass es so kurz nach der Trennung eine Neue gibt. Das sollte sie von mir selbst hören, habe ich zu ihm gesagt. Vielleicht hat Leni ihm aber gerade von unserer Pause erzählt, und er ist jetzt höllisch wütend. Ich habe keinen Schimmer, was Simon alles weiß und was nicht; jedenfalls ist er eine echte Gefahr für mich. Er kann wirklich alles zerstören, mit einem einzigen Wort, und ich hätte es ja weiß Gott verdient. Aber doch nicht gerade jetzt, nicht hier.

Ich stecke mir noch eine Zigarette an, sauge den Rauch mit aller Inbrunst in meine Lunge und beobachte, wie Simon bis zur Spitze des Förderarms klettert. Er hantiert eine Weile dort oben herum, und als er das Seil an seinen Knöcheln festgemacht hat, richtet er sich vor dem Nachthimmel auf. Um ihn herum funkeln die Sterne, und er steht wie Achill oder sonst wer dazwischen, und rührt sich nicht vom Fleck. Er wirft einen guten, langen Blick über den See und über die

Wälder, dann brüllt er plötzlich: Buenas tardes amigos und stürzt sich in die Tiefe. Er taucht mit einem lauten Platschen in den Paradiso ein, und während um ihn herum die Wasserfontänen aufspritzen und er mit einem halben Salto zurück in die Luft wirbelt, entspanne ich. Von einem Moment auf den anderen geschieht das, einfach so. Ich sehe seinen über dem Wasser schlenkernden Körper, höre sein raues Lachen und bin mir auf einmal sicher, dass er mich nicht verrät. Er ist ja mein Freund und insgesamt ein Mensch, auf den man sich verlassen kann, und vielleicht ist das überhaupt mein Geheimnis und meine Stärke: dass ich spüre, welchen Leuten man vertrauen kann und welchen nicht, und wenn ich solche vertrauenswürdigen Leute gefunden habe, tue ich es auch, uneingeschränkt. Ich bin dann ganz naiv und denke nur das Beste und verlasse mich darauf, dass schon alles in Ordnung kommt. Fast schon ein Gottvertrauen ist das, etwas sehr Schönes, Unschuldiges und Kindliches, etwas, das ich mir unbedingt bewahren muss. Deshalb trete ich jetzt auch hinter dem Hügel hervor. Das wird schon, sage ich mir, das haut schon alles hin. Mein Herz pocht trotzdem wie wild, weil man sich ja nie sicher sein kann, über gar nichts, aber ich gehe trotzdem los. Ich gehe mit schnellen Schritten auf das Feuer zu und fange dabei zu grinsen an. Das Grinsen kommt wie von selbst, mit jedem Schritt gräbt es sich tiefer in mein Gesicht, und dann, als ich schon ganz nah bin, fast so nah, dass ich dem Psojdo von hinten auf seine lila Sturmfrisur spucken könnte, entdeckt mich der Vincent und schreit mit allem, was seine Stimmbänder hergeben: Böhm, du alte Drecksau, du verdammte! Im nächsten Moment schauen alle in meine Richtung und schreien mir wüste Beleidigungen entgegen, und ich schreie zurück und beobachte dabei die Leni. Die einzige Regung, die sich auf ihrem Gesicht abzeichnet, ist Schrecken, fast schon Panik eigentlich. Ganz kurz entgleisen ihr die Züge – ihr Mund klappt auf, ihre Augen weiten sich, und ihr Kinn beginnt zu zittern – und das macht mich unendlich froh. Ich möchte sie ja auf keinen Fall verletzten, aber sie soll auch nichts Schlechtes von mir denken, und das tut sie auch nicht, denn sie weiß von nichts; das ist mir jetzt sonnenklar.

Während alle so herumschreien und der Vincent mir sein halb volles Bier in die Hand drückt, fällt mir noch etwas auf: Und zwar wie hübsch Leni gerade aussieht. Die Panik ist aus ihrem Gesicht schon wieder verschwunden, ihre Züge haben diesen ruhigen, etwas scheuen Ausdruck angenommen, den ich so gut an ihr kenne, und ihre feine Haut schimmert im Schein der Flammen in einem matten Braun. Aus ihrem lose gebundenen Zopf haben sich ein paar schwarze Strähnen gelöst, die über ihre Wangen fallen, und zusammen mit den dunklen Augen ergibt das ein unglaublich schönes Bild. In diesem Licht hier sieht sie beinahe orientalisch aus, wie eine orientalische Prinzessin oder so, außerdem glaube ich, dass sie abgenommen hat. Vielleicht vier oder sogar sechs Kilo. Sie ist immer noch ganz weich und rund im Gesicht, aber ihre Backen und ihr Kinn und selbst die Hüften wirken nicht mehr auch nur im Geringsten gepolstert oder aufgeschwemmt, und genau das war ja immer ein großes Problem: dass sie ein wenig zu mollig war. Als wir zusammen gekommen sind, zu Beginn meiner Zivildienstzeit, und auch später, während dieser trostlosen Ethnologiesemester, ist mir das gar nicht aufgefallen, aber in Potsdam habe ich es bemerkt. Die Filmhochschule hat da wirklich meinen Blick geschärft, aber wahrscheinlich war auch dieser Modetrend mit schuld daran. Die ganzen Schauspielerinnen und auch alle anderen Frauen haben sich ja von einem Tag auf den anderen in diese Röhrenjeans gezwängt. Die haben sich kollektiv ihre Mägen leer gekotzt, um da reinzupassen, obwohl diese Röhrenhosen ohne Frage das Abstoßendste sind, was Designer sich je ausgedacht haben. Keine Ahnung, was da mit den Frauen los war, vielleicht so ein subtiler Hass auf das eigene Geschlecht oder grundsätzlicher Masochismus oder ein großer Hilfeschrei, ich kann es wirklich nicht sagen. Ich bin modemäßig ja ein totaler Blindgänger und reime mir das so zusammen, weil ich diesen Magerlook von vorne bis hinten nicht begreifen kann.

Die Leni jedenfalls hat diese Röhrenjeans ebenfalls anprobiert und darin eins a wie eine Blutwurst ausgesehen, und da ist mir ihre Gewichtsproblematik bewusst geworden. Ich habe natürlich kein Wort gesagt, aber immer wenn sie mich in Potsdam besuchen kam, hatte ich den Eindruck, dass die Leute über uns reden und sich lustig machen. Der Böhm und seine Metzgereigehilfin, so was in der Art, und dann, ich habe den Leuten ihre Gedanken wirklich im Gesicht ablesen können: Dass der Böhm auch nichts Schlankeres auf die Reihe bekommt! Immer wieder: Dass der Böhm auch nichts Schlankeres auf die Reihe bekommt! Ich habe von mir aus keinerlei Bedürfnis gehabt, was Schlankeres auf die Reihe zu bekommen. Ich mag ja die Rundungen und war mit Leni insgesamt glücklich, aber mir war trotzdem klar, dass ich bald umsatteln muss, wenn ich in Potsdam nicht vor die Hunde gehen will. Und das habe ich ja auch geschafft mit Johanna. Und Leni hat es ebenfalls geschafft. Sie hat abgenommen und holt jetzt das Maximum aus sich heraus. Sie ist jetzt die optimale Leni, sie ist die Leni, die sie im besten Fall sein kann. Sie kommt jetzt optisch zu mindestens neunzig Prozent an Johanna heran und vor ein paar Wochen waren es noch nicht einmal siebzig Prozent. Das freut mich wirklich für sie. Das gibt mir geradezu einen Stich, so sehr freut mich das, und ich würde sie am liebsten in den Arm nehmen und sie küssen und ihr sagen, wie unendlich ich sie vermisst habe. Es ist aber noch zu früh dafür. Ich muss ihr Zeit geben, denke ich, und deshalb sehe ich sie nur sehr gefühlvoll an; mit einem Blick, der ihr sagen soll, dass ich nur wegen ihr hier bin und wir gleich ausführlich miteinander sprechen werden.

Jetzt gehe ich erst einmal dem Luis hinterher, der das Filterwochenende organisiert hat und mir zeigen will, was es dieses Jahr alles gibt. Zuerst laufen wir zu der Fördermaschine und er erklärt mir, wie die Sache mit dem Bungeeseil funktioniert. Er sagt was von Karabinerhaken und Fußmanschetten und dass ich beim Rebound auf mein Genick achten soll. Ich nicke ein paar Mal und höre kaum hin, weil ich niemals von dem Förderarm springen werde. Ich habe ziemliche Höhenangst, und lebensmüde bin ich gleich dreimal nicht. Außerdem klettert uns gerade Simon entgegen, und auf diese Begegnung habe ich gar keine Lust. Ich schlage Luis auf die Schulter und sage, dass ich das nicht zum ersten Mal mache, und daraufhin führt er mich zu dem Bundeswehrzelt. Vor dem Zelteingang sitzen ein paar blutjunge Mädchen im Sand, die ich noch nie zuvor gesehen habe. Sie sind sechzehn, höchstens siebzehn und spielen Tat oder Wahrheit mit einer Flasche Apfelkorn. Der Flaschenhals zeigt auf eine kleine Brünette mit kurzem Jeansrock, und als wir an ihr vorbeigehen, springt sie auf. Sie hält Luis am Arm fest und fragt ihn, ob er sie lecken will. Keine Ahnung, weshalb sie den Luis das fragt und nicht mich, vermutlich weil sie betrunken ist. Sie lallt schon ziemlich und ihre Freundinnen kichern wie blöd, und Luis sagt: Die Dorfjugend, immer gut drauf. Dann schiebt er ihre Hand beiseite, und wir gehen ins Zelt.

Unter der Plane ist es heiß und stickig, und außer ein paar Tischen und Couchen gibt es wenig zu sehen. Nur an der Seite ist eine kleine Bar aufgebaut, in den Regalen lagern Flaschen und Gläser, und hinter dem Tresen steht der Grasautomat. Der Grasautomat ist ein umfunktionierter Kaugummispender, so eine runde Plexiglaskugel, in der innen statt der Kaugummikugeln lauter Grasblüten sind, und wenn man drei Euro in den Schlitz wirft und an dem Hebel dreht, kommt eine Blüte raus. Homegrown, sagt Luis mit einem breiten Grinsen, und das bedeutet, dass das Gras mindestens so stark ist wie Heroin. Der Luis beschäftigt sich seit er ungefähr zwölf ist mit dem Anbau, dreißig Prozent THC hat er schon geschafft, und selbst in den illegalsten Treibhäusern in Holland sind es nur fünfunddreißig Prozent. Und so wie es mein großer Traum ist, ein Drehbuch zu schreiben, ist es Luis' großer Traum, als Grasbauer auf irgendeinem Dorf zu leben und den ganzen Tag im Garten zu liegen und zu kiffen. Er hat sich sogar schon einen Namen für sein Gras ausgedacht, Oberweed, und dass soll einerseits bedeuten, dass es oberstarkes Gras ist und andererseits darauf hinweisen, wo es angebaut wird, nämlich in der Oberpfalz.

Während ich mir die Grasblüten durch das Plexiglas anschaue, habe ich den Eindruck, dass er seinem Ziel ein gutes
Stück näher ist als ich dem meinen. Die Blüten sind daumen-
dick und sehen fest und harzig aus, und ich habe, seit ich in
Potsdam bin, ja wirklich alle Visionen verloren und versuche nur noch, die Leute zu blenden und zu linken. Und das
raubt mir soviel Energie, dass ich mir kaum mehr vorstellen
kann, mich längerfristig an den Schreibtisch zu setzen und
irgendwelche Ideen zu verfolgen oder gar ein Drehbuch zu
schreiben. Wenn ich ehrlich bin, ist diese Sache eigentlich
gestorben für mich, es sei denn, ich würde mein Leben dort
komplett umkrempeln. Aber darauf habe ich auch keine
Lust, weil es ja wunderbar läuft. Nicht nur die Sache mit
Johanna; es gibt so einige Leute an der Hochschule, die glauben, dass ich bald durchstarten werde. Als ich die Münzen
in den Schlitz werfe, nehme ich mir trotzdem das Versprechen ab, es im Herbst etwas seriöser anzugehen, aber dann
entdecke ich weiter hinten noch einen zweiten Automaten. Auf das Plexiglas hat jemand mit Edding eine Maus
mit Sombrero gezeichnet, statt Grasblüten liegen innen ein
Haufen silberner Kügelchen, und zusammen mit der Zeich-
nung fällt es mir nicht schwer, den Inhalt zu erraten. Ich
grinse Luis an, und er hält einen Zeigefinger waagrecht unter seine Nase und zieht geräuschvoll Luft hoch. Sein wäss-
riger Blick verrät mir, dass er sich in den letzten Tagen ununterbrochen aus den beiden Automaten bedient hat, und
genau das tue ich jetzt auch. Nachdem ich mir eine Blüte aus
dem Schacht geholt habe, werfe ich noch ein paar Münzen
in den Speedautomaten, drehe den Griff herum und hole
mir zwei Kügelchen heraus. Als ich eines davon aufwickele
und das Pulver auf den Tisch klopfe, fällt mir ein, dass ich

synthetische Drogen früher immer abgelehnt habe, aber in Potsdam habe ich meine Meinung dazu gründlich geändert. Mit ein bisschen Speed läuft das einfach besser, und wenn man es halbwegs unter Kontrolle hat, ist es, glaube ich, nicht einmal ungesund. Luis drückt mir jetzt ein Metallröhrchen in die Hand und sagt, dass das Zeug direkt aus einem Prager Labor kommt, aus allererster Hand. Ein echter Schleimhaut-streichler, sagt er, und ich nicke ihm optimistisch zu und habe dabei den Eindruck, dass es das letzte Filterwochen-ende ist, das er organisiert. In dem Licht hier im Zelt, so ein gelbliches Licht ist das, sieht er richtig fertig aus. Ganz wäch-sern und fahl und ausgemergelt, aber statt irgendwas zu sa-gen, ziehe ich schnell das Pulver weg und hoffe, dass er keine ansteckenden Krankheiten hat. Wegen des Röhrchens hoffe ich das, das steckt ja in meiner Nase und ist am Rand noch feucht.

Keine zwei Minuten später kommt aber schon dieser sterile, leicht bittere Geschmack am Gaumen an, und ich weiß, dass es keinerlei Grund zur Sorge gibt. Ich weiß, dass mein Im-munsystem alles abwehren kann, sogar die Cholera oder Aids. Ich drehe mir noch einen Joint im Zelt, lasse mir von den Dorfmädchen Feuer geben und laufe zu den Anderen zurück. Ich setze mich neben die Marion in einen Liegestuhl, und als ich kurz die Augen schließe, fährt die Mischung so richtig ein. Das Speed macht mich klar und wach und unbe-zwingbar, und das Gras arbeitet mit aller Macht dagegen und drückt mich butterweich in den Stuhl. Ich bin unendlich of-fen und fokussiert zugleich, und in meinem Kopf schwirrt dauernd der Satz dieser kleinen Brünette herum: Willst mich lecken, willst mich lecken, willst mich lecken, wieder und wieder, bis die Silben sich wie Akkordeonrippen ineinander quetschen und das Ganze nach einer finnischen Ortschaft klingt. Vilsmiläkkn, so klingt das; Vilsmiläkkn, ich sage es halblaut vor mich hin, und die Marion fühlt sich angesprochen und rückt ein Stück näher heran. Sie nimmt mir die Tüte aus der Hand, und dann, Gott allein weiß warum, erzählt sie mir, wie das so ist, nachts auf den Seitenarmen des Amazonas. Wie die Krokodile im dunklen Wasser treiben, aber kein Mensch Augen für sie hat, weil die Führer mit ihren Lampen das Blätterdach über den Booten ableuchten. Anakondas, sagt sie, und Grüne Mambas, und ich höre ein unglaubliches Zischen, könnte aber auch das Feuer sein, und sage: Krass, wie unfassbar krass. In meinem Rücken setzt der Günther zu einem seiner Hassmonologe gegen die Chinesen an, und Luis wirft frisches Holz ins Feuer, schenkeldicke Scheite, die mit einem Krachen auf die Glut fallen. Ringsherum stieben Funken in den Himmel, Fledermäuse flattern im Zickzack darüber, und ein paar Leute reißen sich die T-Shirts vom Leib und rücken auf ihrer Bierbank Zentimeter um Zentimeter auf die Flammen zu. Also mich friert's ziemlich, schreien sie sich in ihre Hitze verzerrten Gesichter, und lassen sich einer nach dem anderen rückwärts in den Sand kippen, bis nur noch der Bruno aufrecht sitzt: Schweiß überströmt wie kein zweiter Mensch auf Erden, eine Sonnenbrille vor den Augen und eine Flasche Jägermeister in der Hand. Marion erzählt jetzt von Trichterspinnen und wie man die mit Pinzetten aus den Kleidern zupft, dann dreht jemand die Musik lauter, und ein paar Leute hüpfen am Ufer herum. Irgendwann kommt dieses fabelhafte *Turn your lights down low* aus den Boxen, und während die Stimme von Lauryn Hill sich so rauchweich um meinen Körper schlingt, begreife ich so manches. So ziemlich das meiste, um ehrlich zu sein. Vor allem begreife ich, dass dieser Tag, also dass der Verlauf dieses Tages wie eine Art Zeichen oder wie ein Schicksal ist. Wenn dieser Förster mich heute Mittag ganz normal mitgenommen hätte, wäre ich ja nach München gekommen und läge jetzt bei Johanna im Bett. Und das alles hier und vor allem die Leni, die neue Leni, hätte ich nie gesehen und nie begriffen, wie sehr ich für sie empfinde, und das ist ja das Wichtigste: dass ich mir über meine Gefühle klar geworden bin. Mir tut jetzt auch die Sache mit Patrizia leid und mein Verrat an der Miriam und dass ich überhaupt keine Beziehung zu meinem Bruder habe, aber zugleich ist es gar nicht so schlimm. Ich kann mich ja entschuldigen. Jeder macht ja Fehler, und wenn man sich entschuldigt, wird einem auch verziehen.

Das Einzige, was mich mit der Zeit zu stören beginnt, ist, dass ich nicht mit Leni sprechen kann. Ich beobachte sie ja schon, seit ich wieder am Feuer bin, aber neben ihr sitzen Theresa und Simon und haben sie zwischen sich eingezwängt. Simon erzählt ihr andauernd Geschichten und fuchtelt dabei mit den Armen herum, und manchmal berührt er sie mit der Hand am Knie. Ich kann genau sehen, dass sie das nicht will. Sie kann seine laute Art nicht leiden, aber er kapiert das nicht. Ich versuche, ihren Blick zu fassen, aber immer wieder gerät mir sein Kopf ins Bild. Ein Kopf wie ein Felsklumpen ist das, und im Feuerschein wuchern die Bartstoppeln darauf wie eine Flechte. Sein Anblick ist mir jetzt wirklich zuwider, und zugleich habe ich ein sehr mieses Gefühl. Seit ich in diesem Liegestuhl sitze, hat er nicht einmal in meine Richtung geschaut. Kein Gruß und kein Lächeln, nichts. Er weiß von dieser Pause, gar kein Zweifel, und zugleich frage ich mich, was er tatsächlich will. Er steht im Moment ja alleine da, und findet Leni gut. Er soll sie bloß in Ruhe lassen, denke ich und starre zu ihm hin. Ich richte irgendwie meine Energie auf ihn und murmele: Hau ab, du Depp, hau ab.

Ich glaube nicht einen Funken an diese Beschwörungsscheiße, aber das Unglaubliche ist: Es funktioniert. Zumindest indirekt. Nach einer Weile schleicht sich der Psojdo von hinten heran, kichert so heiser und schüttet ihm eine Flasche Bier über den Kopf. Leert einfach die halbe Flasche über ihm aus und ruft: Alter, jetz' samma quitt! Simon springt von der Bank, als würde ihm Batteriesäure statt Bier aus den Haaren tropfen, und spurtet ihm hinterher. Während die beiden zwischen den Sandhügeln verschwinden, frage ich mich, wieso der Psojdo eigentlich diesen Spitznamen hat. Obwohl ich ihn kenne, seit ich denken kann, fällt es mir beim besten Willen nicht ein. Ich weiß nur, dass ich einmal dabei war, als er seinen Stiefvater verprügelt hat. Der Stiefvater war sturzbetrunken und der Psojdo komplett auf Pilzen, aber er hat es noch geschafft, ihn mit einem Judowurf auf den Boden zu schleudern, auf die Gehwegplatten vor dem Haus. Der Stiefvater lag da wie ein Käfer auf dem Rücken herum und hat hell und quietschend geatmet, der Psojdo hat auf ihn eingeschrien, und in der Ferne haben Hunde gebellt. Das Ganze ist spätnachts passiert, der Mond stand am Himmel und hat alles so gespenstisch beleuchtet, und ich saß in der geöffneten Autotür und habe hysterisch gelacht. Ich muss immer lachen, wenn jemand komisch hinfällt oder mit dem Rad stürzt und dann Schmerzen hat, das ist ein ganz blöder Reflex.

Jedenfalls hat der Psojdo mir den Platz frei gemacht, und das ist wirklich fein von ihm. Ich lächle die Marion an, die noch immer Geschichten aus dem brasilianischen Urwald erzählt, und sage, dass ich gleich wiederkomme. Dann gehe ich zu Leni rüber und setzte mich neben sie auf die Bank. Ich weiß nicht genau, was ich erwartet habe; nicht viel, glaube ich, aber auf keinen Fall, dass sie mich ignoriert. Das tut sie aber. Sie unterhält sich weiter mit Theresa, so als wäre ich Luft. Im ersten Moment verunsichert mich das, aber im zweiten finde ich es gut. Frauen wie diese Brünette sind leicht zu haben, aber Leni ist nicht so, sie soll sich ruhig ein wenig entziehen. Ich bleibe neben ihr sitzen und höre den beiden zu. Sie sprechen über Hillary Clinton, und obwohl ich die Frau ja ziemlich verehre, halte ich meinen Mund. Ich sage nicht einmal was, als Theresa sie mit Margaret Thatcher vergleicht, keinen einzigen Ton. Ich zünde mir eine Zigarette an, strecke die Beine aus und blinzele immer wieder zu Leni hin. Sie hat ihr Gesicht Theresa zugewandt, so dass ich nur das Rund ihrer Wange sehe und den sanften Schwung ihres Kinns. Ihre Hände liegen auf ihren Oberschenkeln, und mit den Fingern streicht sie die Falten ihres Kleides glatt. Es sind langsame Bewegungen, wie in Zeitlupe fast. Viel intensiver als diese Bewegungen nehme ich aber etwas Anderes wahr. Etwas, das in ihrem Wesen liegt, im innersten Kern ihres Wesens vielleicht. Ich weiß nicht, wie Leni es macht, aber es fühlt sich an, als würde die Luft um sie herum weicher werden. Weicher und auch wärmer, ihr Körper strahlt das ab.

Dann steht Theresa auf und geht zu Marion rüber, und das Gefühl ist schlagartig weg. Mein Herz pumpt das Blut plötzlich schneller durch meine Adern, und mir fällt nicht das

Geringste zu sagen ein. Nur die Sache mit dieser weicheren Luft, aber das ist nicht drin. Nicht nach fünf Wochen Pause. Das Einzige, was mich beruhigt, ist, dass Leni genauso nervös zu sein scheint wie ich. Sie rupft am Etikett ihrer Bierflasche herum und zerreißt die abgezogenen Papierstreifen zu Fetzen. Dann schlägt sie ihre Beine übereinander, sie schlägt das rechte Bein über das linke, so dass ihr Körper sich leicht von mir wegdreht, und sagt: Hallo Alexander. Sie sagt nicht Alex oder Alexej oder sonst irgendein Kosewort sondern meinen Namen in voller Länge, so wie mein Vater mich ruft. Sie sieht dabei in die Flammen, und ich sage: Leni, es ist schön, dich zu sehen. Mehr sage ich nicht. Ich überfalle sie nicht mit Fragen und erzähle ihr keine Geschichten, ich rücke nicht einmal näher heran. Zwischen uns ist eine Lücke auf der Bank, und obwohl ich ihren Körper zum Gotterbarmen gern an meinem spüren würde, rühre ich mich nicht. Ich trinke mein Bier in kurzen, schnellen Schlücken, und als sie eine Zigarette aus ihrer Packung zieht, gebe ich ihr Feuer. Die Flamme unter der Zigarettenspitze zittert ein wenig, und ich hoffe sehr, dass sie das Zittern bemerkt. Es ist nämlich echt.

Als ich das Feuerzeug zurück in die Tasche stecke, kommt Simon zurück in die Runde. Er ist pitschnass und hat dem Psojdo seinen Arm um die Schulter gelegt. Die beiden prosten sich zu, und als Simon einen Schluck trinkt, schaut er zu uns her. Sein Blick ist nicht weiter bedrohlich, aber ich stelle mir trotzdem das Schlimmste vor. Ich stelle mir vor, dass er gleich zu uns kommt und seinen Körper neben Leni auf die Bank fallen lässt. Das wäre wirklich das Ende des Abends. Ich würde da sitzen und zu Tode verkrampfen und am besten sofort verschwinden, aber das will ich nicht. Ich hole Luft und berühre Leni am Arm, und dann frage ich sie, ob wir nicht ein Stück laufen wollen. Weil es hier am Feuer so laut und hektisch ist, sage ich. Ich stelle die Frage sehr behutsam und sehe ihr dabei in die Augen. Sie weicht meinem Blick aus und rollt die Bierflasche zwischen ihren Händen hin und her. Sie bewegt ihre Hände so schnell, dass sich Schaum in der Flasche bildet, und es tut mir fast weh, ihr dabei zuzusehen. Ich glaube, sie hat Angst. Sie hat Angst vor dem, was ich sagen könnte. Dass ich sage, dass unsere Pause eine endgültige ist. Ich verfluche mich für diesen Gedanken, also dass der Gedanke überhaupt für sie möglich ist, aber zugleich hoffe ich. Ich hoffe so sehr, dass sie Ja sagen wird. Leni, sage ich, wir müssen nicht, und sie sagt: Ich weiß, und dann steht sie auf.

Wir gehen gemeinsam vom Feuer weg, und kein Mensch hält uns auf. Nur der Vincent schreit uns was hinterher. Anständig bleiben, schreit er, aber wir tun beide so, als hätten wir nichts gehört. Vor unseren Füßen lösen sich unsere Schatten in der Dunkelheit auf, und der Sand verliert seinen Glanz. Die Musik in unserem Rücken wird leiser und leiser, und mit jedem Schritt wird mir leichter ums Herz. Als wir am Waldrand den Hang hochklettern, greife ich nach Lenis Hand. Sie liegt warm und fest in der meinen, völlig vertraut. Oben lasse ich sie wieder los und fange zu sprechen an. Das heißt, ich frage sie nur dies und das. Ich stelle die Fragen, um das Eis zu brechen, und zuerst antwortet Leni in kurzen Sätzen, aber mit der Zeit taut sie auf. Sie spricht schneller und verschleift am Ende der Sätze manchmal Silben, und das verrät mir, dass sie schon etwas getrunken hat. Als ich es bemerke, frage ich nach persönlicheren Dingen, ich frage sie sogar, ob sie ein bisschen abgenommen hat. Leni nickt. Sie erzählt mir, dass sie zu Semesterende eine schwere Magendarmgrippe hatte und fast eine Woche lang nichts essen konnte, nur Zwieback und Haferschleim. Ich sage ihr, wie leid mir das tut, aber dass sie trotzdem sehr hübsch aussieht.

Während wir sprechen, laufen wir tiefer in den Wald. Wir laufen so weit, bis man das Feuer nicht mehr sehen kann und der See zwischen den Stämmen nur noch als schwarze Fläche zu erahnen ist. Neben einer Futterkrippe für Rehe setzen wir uns hin, und ich lege mich auf den Rücken und schaue zu den Sternen hoch. Leni bleibt zuerst sitzen und pflückt ein paar Blaubeeren von den Sträuchern, aber dann legt sie sich neben mich. Sie hält mir die Hand mit den Beeren hin, und als ich die ersten im Mund zerkaue, fange ich an, ihr von Potsdam zu erzählen. Ich spreche zuerst langsam und zögernd, als fiele es mir schwer, die richtigen Worte zu finden. Ich erzähle ihr, dass das Drehbuch gescheitert ist und noch ein paar andere Lügen, aber dann werde ich ehrlich und sage, wie sehr ich das alles hasse. Ich erzähle ihr von dem Konkurrenzdenken und von der Bildschirmwelt und wie mein Ekel davor immer größer wird. Ich sage, dass ich mir etwas ganz anderes wünsche, ein viel einfacheres Leben, in dem ich mich nicht andauernd verbiegen muss. Ich spreche immer schneller und freier, und dabei spüre ich Lenis Widerstand. Ihren Widerstand, hier neben mir zu liegen und sich diese Geständnisse anzuhören, gegen mich im Gesamten eigentlich. Sie weiß ja, worauf das hinauslaufen soll und kämpft mit sich. Zumindest kämpft sie, es hinauszuzögern, denn es ist ja bereits zu spät. Wenn sie das alles nicht gewollt hätte, wäre sie nicht mit mir vom Feuer weggegangen, aber das ist sie ja. Sie liegt ja hier neben mir zwischen den Sträuchern, und dieses Wissen macht mich froh.

Ich richte meinen Oberkörper auf, stütze meinen Kopf auf der Handfläche ab und sehe sie an. Ich sage, dass ich überhaupt nicht mehr begreife, weshalb ich diese Pause wollte und hoffe, dass sie mir verzeiht. Leni erwidert nichts sondern wendet den Kopf eine Spur in meine Richtung. Es ist, glaube ich, keine bewusste Bewegung, aber ich nutze sie aus. Ich beuge mich zu ihr hin und küsse sie. Ein paar Sekunden lang erwidert sie den Kuss, aber dann dreht sie sich weg. Ich höre sofort auf und nehme sie in den Arm. Ich lege mein Kinn auf ihre Schulter und drücke meine Wange an ihr Haar. Es riecht nach Feuerrauch und schwach nach Kastanien, ich schließe die Augen und atme tief ein und aus. Ich streichele sie am Haaransatz, dort wo das Haar am weichsten ist, und wiege unsere Körper hin und her. Als ich spüre, wie der Druck ihrer Hand auf meinem Rücken stärker wird, hebe ich mein Kinn. Ich nehme ihr Gesicht in meine Hände und suche mit den Lippen ihre Augen, die Wangen, zum Schluss erst den Mund. Diesmal dreht sie den Kopf nicht zur Seite sondern öffnet die Lippen. Während wir uns küssen, lassen wir uns langsam auf den Boden sinken, sie auf den Rücken, und ich auf ihren Körper. Leni legt ihre Hände in meinen Nacken, ich lege meine Hände in ihr Haar. Irgendwann beginne ich, sie am Körper zu streicheln, am Bauch zuerst, dann ihre Brüste und ihre Oberschenkel. Ich bin behutsam und taste mich langsam die Innenseite ihrer Schenkel hoch, bis meine Hand auf ihrer Scheide liegt. Ich streichele sie durch den Stoff der Unterhose und spüre die Feuchtigkeit.

Nach einer Weile hebt sie leicht ihr Becken, und ich ziehe ihr die Unterhose aus. Ich streiche die Hinterseite ihres Rocks unter ihr glatt, so dass sie nicht mit der nackten Haut auf dem Boden liegt. Ich ziehe meine Hose herunter und drücke meinen Penis gegen ihren Unterleib. Dann greife ich zwischen ihre Beine und schiebe ihn ihr hinein. Leni atmet lauter und drückt ihr Becken gegen mich. Während ich mich langsam in ihr bewege, denke ich, dass es ein bisschen riskant ist, weil ich gar nicht weiß, ob sie die Pille noch nimmt, aber ich frage sie nicht. Würde sie die Pille nicht mehr nehmen, hätte sie bestimmt gewollt, dass ich ein Kondom benutze, aber sie hat nichts gesagt. Sie zieht jetzt ihre Beine an und drückt sie fester gegen meinen Hintern, und ich bewege mich schneller in ihr. Kurz bevor ich dann komme, öffne ich einen Spaltbreit die Augen und sehe sie an. Leni hat ihre Augen geschlossen und für einen Moment legt sich Johannas Gesicht über ihres, dann spüre ich, wie es vorne an der Eichel kribbelt, und ich spritze in sie hinein. Ich flüstere irgendwas: Mein Gott, oder so etwas Ähnliches, und dann sage ich, dass ich gekommen bin. Leni antwortet nicht, sondern bleibt mit geschlossenen Augen auf dem Waldboden liegen. Ganz still und weiß liegt sie im Mondlicht da. Sie sieht fast leblos aus, leichenartig beinahe. Ich ziehe meinen Penis aus ihr heraus und schlage den Rock über ihren Unterleib. Ich hoffe, dass sie sich nicht schämt, weil sie gerade mit ihren Vorsätzen gebrochen hat; das hat sie ganz bestimmt. Vielleicht ist sie aber auch glücklich und möchte das Gefühl verlängern, und vielleicht ist es beides zugleich.

Ich bleibe eine Weile so neben ihr liegen, den Kopf auf die Schulter gestützt, und die Hand in ihrem Haar. Irgendwann öffnet Leni die Augen und sieht mich an. Als sich unsere Blicke begegnen, hole ich Luft und sage, dass ich etwas vergessen habe. Ich sage, dass ich morgen leider noch mal für zwei Wochen nach Krakau muss. An ein Set, sage ich, als Drehbuchassistent. Leni setzt sich aufrecht hin und schüttelt den Kopf. Sie schüttelt ihn viel zu schnell, fast manisch sieht das aus. Ich sage, dass ich tausendmal lieber bei ihr bleiben möchte, aber den Ludek unmöglich hängen lassen kann. Den Ludek, sagt sie leise, und dann steht sie auf. Sie klopft sich Nadeln und Erde aus dem Kleid und zieht ihre Unterhose an. Als ich sie frage, was sie macht, sagt sie, sie geht die Theresa suchen. Wieso denn die Theresa, frage ich, und sie sagt: Um nach Hause zu fahren. Ich kann dich nach Hause fahren, sage ich, aber sie schüttelt den Kopf und geht los. Ich laufe ihr hinterher und greife nach ihrer Hand. Lass mich, sagt sie. Sie sagt es in einem Ton, hinter dem sich Tränen verbergen und windet ihre Hand aus meinem Griff. Sie geht langsam zwischen den Stämmen davon, und ich schaue ihr nach. Ich melde mich, rufe ich noch, dann lehne ich mich gegen einen Baumstamm und drehe mir eine Zigarette. Ich brösele das restliche Gras hinein und zünde sie an. Während ich die ersten Züge nehme, sage ich mir, dass ich gerade in einer sehr seltsamen Phase meines Lebens bin. In einer Phase, in der ich aufpassen muss, dass die Dinge nicht aus den Fugen geraten. Ich meine, ich habe ja nur einen Körper und irgendwie ist alles ausweglos. Zumindest auf den ersten Blick. Vielleicht reift aber bald ein Entschluss heran, und alles wird wieder klar. Man kann es wirklich nicht wissen, und im Grunde ist ja noch alles im Lot. Ich habe Lenis Vertrauen noch nicht verspielt, und das ist ja das Wichtigste daran.

Ich drücke die Zigarette auf dem Waldboden aus, quetsche sie tief ins Erdreich, damit die Glut auch wirklich tot ist, und stehe auf. Ich klopfe mir die Kleider ab und pflücke noch ein paar Blaubeeren für den Weg. Während ich mit der Hand nach den Beeren taste, bemerke ich ein schwaches Glitzern auf einem Strauch. Ich glaube beinahe, dass es Sperma ist, das da an den Blättern klebt, und dann denke ich plötzlich, dass ich heute im Idealfall mit drei Frauen hätte schlafen können: Zuerst am Morgen mit Johanna, wenn sie noch in Potsdam gewesen wäre, danach mit Patrizia, und am Schluss jetzt eben mit Leni. Und wenn eine von ihnen die Periode gehabt hätte, hätte ich durch meinen Penis, an dem verkrustete Blutreste geklebt hätten, Gebärmutterblut von der einen in die andere Scheide transportiert. Dann hätte durch mich als Medium vielleicht eine Frau die andere mit Aids angesteckt, nur ich hätte kein Aids, weil ich ja keine Wunden oder offenen Schleimhäute habe. Und obwohl ich getestet werden würde, könnte man mir nichts nachweisen, und niemand würde der infizierten Frau glauben. Irgendwo deprimiert mich der Gedanke, weil er nichts Gutes über mich verrät, aber zugleich sage ich mir, dass alle so sind. Alle sind leichtsinnig und verantwortungslos, wenn es körperlich wird. Das liegt in der menschlichen Natur, und ich bilde da keine Ausnahme. Dann muss ich aber lachen. Ich meine, ich habe es ja überhaupt nicht getan. Ich habe ja nur mit einer Frau geschlafen, mit der, die mir am wichtigsten ist.

Als ich endlich losgehe, ist der Himmel über den Bäumen schon ein klein wenig heller, so als hätte jemand einen Tropfen Dunkelblau in die Schwärze getuscht. Man kann die Sträucher jetzt deutlicher erkennen, und am Horizont leuchten die Sterne nur noch schwach. Ich laufe über eine mit Farnen bewachsene Lichtung und sehe in der Ferne den See zwischen den Stämmen schimmern, und dann knackt es plötzlich im Unterholz. Ich weiß sofort, dass es kein Tier ist, das durch den Wald huscht, sondern ein Mensch. Ich bleibe stehen und lausche. Das Knacken ist jetzt nicht mehr zu hören, aber in der Ferne sehe ich den Lichtkegel einer Taschenlampe. Wie ein aus dem Takt geratener Zeiger zuckt der Lichtkegel hin und her, erfasst Farne und Stämme und Sträucher und kommt stetig auf mich zu. Dann höre ich meinen Namen: Alex, verdammt, Alex, wieder und immer wieder, und ich weiß sofort, wer es ist: Simon. Seine Stimme, diese verfluchte, laute, versoffene Stimme kommt näher und näher, und obwohl ich ihm nichts getan habe, habe ich irrsinnige Angst. Vielleicht, denke ich, bringt er mich um. Ich lege mich flach auf den Boden, mitten zwischen die Blaubeersträucher und schließe die Augen. Wie kleine Kinder die Augen schließen, weil sie glauben, dann unsichtbar zu werden, so mache ich das. In der Schwärze sehe ich seltsame Dinge, magere Frauen in verkabelten Gruben und Pferde, die auf Fließbändern in einen Reaktor fahren. Ich öffne die Augen wieder und spähe in den Wald. Ich kann Simon jetzt zwischen den Stämmen erkennen, vielleicht dreißig Meter weit weg. Der Lichtkegel erfasst ein Gebüsch am Rand der Lichtung, und ich nehme all meinen Mut zusammen und stehe auf. Ich gehe einfach weiter, geradewegs auf ihn zu. Was ist denn los, sage ich, als wir schon fast voreinander stehen. Er richtet die Lampe in mein Gesicht und sagt: Du armseliger Typ, und dann schaltet er die Lampe aus. Weil plötzlich kein Licht mehr vorhanden ist, tanzen überall rote und gelbe Punkte in der Schwärze herum, ich sehe nichts, aber im

nächsten Moment bekomme ich einen Stoß vor die Brust.
Und gleich darauf noch einen, so fest, dass ich das Gleichge-
wicht verliere und hinfalle. Ich falle auf den Rücken, und
zwei Sekunden später liege ich auf dem Bauch. Simon sitzt
rittlings auf mir, drückt meinen Kopf in den Waldboden hinein, so dass ich Nadeln und Zweige in den Mund bekomme, und schlägt mir mit der flachen Hand über den Hinter-
kopf. Es tut ziemlich weh, aber ich stecke die Schläge ohne
Gegenwehr ein. Ich schütze mich nicht. Die Schläge kommen mir richtig vor. Ich warte ja andauernd auf irgendeine
Form der Bestrafung, und wenn es jetzt und hier passiert, ist
es nur gut. Da kann ich nachher mit erleichtertem Gewissen
zum Flughafen fahren.

Dann lässt Simon von mir ab und steht auf. Er klopft sich
die Kleider aus und sieht mich an, und dann sagt er, dass er
Leni jetzt die Augen öffnen wird. Er sagt es wortwörtlich
so: Ich öffne ihr jetzt die Augen über dich. Er sieht auf mich
herunter, und ich glaube, nein, ich weiß, dass er mich durchschaut. Dass er der erste Mensch ist, der wirklich begreift,
wie ich funktioniere, und dass dieses Erkennen das Ende
unserer Freundschaft bedeutet. Und das Seltsame ist: Ich
kann ihn verstehen. Wenn ich die Wahl hätte, wollte ich
auch nicht mit mir befreundet sein. Da gibt es wertvollere
Menschen, mit denen sich eine Freundschaft viel eher lohnt.
Trotzdem darf er das jetzt nicht machen, das darf er einfach
nicht. Warte mal, sage ich schnell, aber Simon antwortet
nicht sondern hebt die Lampe auf und geht davon. Ich rapp-
le mich hoch und halte ihn am Arm fest. Hör zu, sage ich,
aber er sagt bloß: Halt's Maul, Alex. Er schüttelt mich ab
und läuft zwischen den Stämmen davon, und ich stehe mit

169

hängenden Armen da. Vielleicht drei Sekunden lang stehe ich so da und schaue ihm nach, dann spurte ich los. Zehn, zwölf Schritte brauche ich, und noch ehe er sich umdrehen kann, springe ich ihm ins Kreuz. Ein bisschen wie ein Karatesprung ist das, wie der Jochen Fuchs, den wir alle nur Kung-Fux genannt haben, den Leuten beim Fußball immer in den Rücken gesprungen ist, so springe ich Simon ins Kreuz. Mit den Fersen treffe ich seine Wirbelsäule, und er klappt wie von einem Axthieb getroffen zusammen. Ich glaube, ich habe ihn ziemlich böse erwischt, und das tut mir leid, aber gleichzeitig ist es auch gut, weil er jetzt auf dem Boden liegt, statt zu Leni zu laufen und ihr Lügen zu erzählen. Er hält sich den Rücken und keucht, und als er versucht aufzustehen, stelle ich ihm einen Fuß ins Genick. Ich kann alles erklären, sage ich, und er schlägt mir den Griff der Taschenlampe gegen den Knöchel, so fest, dass es mir Tränen in die Augen drückt. Dann dreht er sich zur Seite und versucht aufzustehen, und ich trete ihm in die Brust. Hätte ich richtige Stiefel an, wäre der Brustkorb jetzt bestimmt kaputt. Ein paar Rippen wären auf jeden Fall gebrochen, aber weil ich Turnschuhe aus weichem Leder trage, scheint es ihm kaum etwas auszumachen. Er robbt auf den nächsten Baumstamm zu und versucht sich daran hochzuziehen, und ich trete ihm in den Bauch. Er zischt irgendwas und schlägt auf meine Beine ein, und ich trete ihm wieder in den Bauch, und dann trete ich ins Gesicht. Ich ziehe nur das rechte Knie an und trete zu. Eigentlich stampfe ich zu. Ich stampfe ihm mit der Schuhsohle ins Gesicht. Ich treffe ihn nicht frontal, weil er sich mit den Armen schützt, sondern nur das Kinn und die Wange und einen Teil vom Ohr. Leise Tritte sind das, nicht lauter, als wenn man mit der flachen Hand gegen

Baumrinde klatscht, und als ich sehe, wie sich mein Fuß schon wieder hebt, das sechste Mal vielleicht, aber Simon seinen Kopf nicht mehr schützt, höre ich auf. Ich sehe auf ihn hinunter, sehe mein abgewinkeltes Bein über seinem zerschrammten, reglosen Gesicht, und stelle es vorsichtig ab. Simon, sage ich mit dünner Stimme: Simon? Ich bekomme keine Antwort, sondern höre nur meinen eigenen Atem, wirklich nur meinen eigenen, und als ich ihn anhalte, wird es still. Eine Stille, dass man Moos wachsen hören könnte, ist das, und in dieser Stille bekomme ich Angst. Angst, vor dem was passiert sein könnte, und Angst vor dem Bild, das sich in meinem Kopf aufbaut. Ich sehe den Waldboden, sehe die dürren Zweige überall, ich sehe mich Zweige über Simons Körper häufen und dann das Feuerzeug. Es ist die einzige Möglichkeit. Ein Brand würde alle Spuren vernichten. Es ist trocken genug, denke ich, und dann bücke ich mich zu ihm hinunter und presse mein Ohr an seinen Hals. Ich lausche mit geöffneten Augen und sehe dabei, wie oben, weit über den Wipfeln der Bäume, eine Sternschnuppe über den Himmel fällt. Ich wünsche mir etwas, und der Wunsch wird erhört, das höre ich sehr bald, weil Simons Herz nämlich schlägt. Leise und gleichmäßig verrichtet es seinen Dienst hier im Wald, so als ob es gar nicht anders könnte, und das macht mich glücklich. So glücklich wie nie zuvor. Ich lasse meinen Kopf auf Simons Brust sinken, lege die Hand auf seine Wange und schmiege mich an seinen Körper. Um ihn zu wärmen, denke ich, und dann denke ich, so ein Unsinn, es hat ja noch mindestens zwanzig Grad.

Ich bleibe eine Weile so liegen, dicht an seinen Körper gepresst. Irgendwann fängt Simon zu röcheln an, und mir fällt

ein, was ich damals im Erste-Hilfe-Kurs gelernt habe: nämlich, dass man einen verletzten Körper in die Seitenlage
bringen soll. Keine Ahnung, wieso man das tun soll, jedenfalls bringe ich Simon in die Seitenlage, und während ich an
ihm herumzerre, ertaste ich einen Stein unter seinem Schulterblatt. Ich mache mein Feuerzeug an und schaue mir den
Stein im Licht der Flamme an. Es ist ein flacher Granit mit
ein bisschen Katzengold an den Rändern. Dort, wo das Katzengold in den Stein eingelassen ist, reflektiert er das Licht,
ein silbrig schimmerndes Gelb, wie Tieraugen in der Dunkelheit. Obwohl das sonst nicht meine Art ist, stecke ich den
Stein in die Hosentasche, damit er mich in Zukunft an diesen Moment erinnert. Damit er mich daran erinnert, dass ich
meine Freunde nicht mehr belüge und betrüge und endlich
gegen dieses System ankämpfe. Ich weiß gar nicht genau, gegen welches System, aber irgendein System arbeitet da auf
jeden Fall gegen mich oder ich stecke ganz tief in ihm und
komme nicht davon los. Wie ein Tumor hat sich das in mich
hinein gefressen, und jetzt habe ich die Grenze überschrit-
ten, und vielleicht hilft mir das in Zukunft ja weiter. Vielleicht werde ich jetzt ein besserer Mensch. Ich möchte nicht
darauf wetten, aber möglich ist es doch. Möglich ist es auf jeden Fall. Schlimm wäre nur, wenn ich Simon dafür den Kiefer gebrochen hätte. Dafür, dass ich mich jetzt ändern kann,
meine ich. Ich verstehe von anatomischen Dingen leider
nicht viel, aber der Unterkiefer sieht nicht gut aus. Er hängt
ganz schief in seinem Gesicht herum, wie eine herausge-
brochene Schublade beinahe, und ich hoffe sehr, dass es bloß
die Seitenlage ist oder die Schrammen, weshalb er so einen
asymmetrischen Eindruck macht. Aber das ist bestimmt so.
Das kann nur eine perspektivische Verzerrung sein, irgend-

ein optischer Trick, der gar nicht viel zu bedeuten hat. Insgesamt scheint es Simon nämlich schon besser zu gehen. Sein linkes Bein zuckt immer wieder, und er gibt jetzt Schnarchgeräusche von sich. Offenbar ist er eingeschlafen, von der Ohnmacht direkt in den Schlaf. Und wenn er morgen früh aufwacht, denkt er vielleicht, dass er alles nur geträumt hat. Oder er erinnert sich überhaupt nicht mehr daran, weil er so einen gewaltigen Kater hat und einen Filmriss noch dazu. Wahrscheinlich erinnert er sich aber doch daran. Simon ist das Trinken ja gewohnt, er ist im Grunde der härteste Trinker, den ich kenne, und überhaupt: So etwas vergisst man nicht. Nie und nimmer vergisst man das. Und weil wir uns nach dieser Sache hier mit Sicherheit nie wieder sehen und genau jetzt unsere letzten Momente teilen, schaue ich ihn mir noch einmal an. Das bin ich ihm schuldig. Das bin ich uns schuldig, unserer Freundschaft gewissermaßen. Ich zwinge mich dazu, mindestens eine Minute lang in sein zerschundenes Gesicht zu starren, und dann, kurz bevor es richtig unheimlich wird, zupfe ich ein paar Kiefernnadeln aus seinem Haar und beuge mich über ihn. Obwohl ich mir furchtbar pathetisch vorkomme, drücke ich meine Lippen auf seine Stirn und murmele: Ciao mein Freund, bis in unserem nächsten Leben vielleicht. Simons Stirn schmeckt salzig und ein bisschen nach Erde, und als ich sie ungefähr fünf Sekunden lang geküsst habe und dabei meinen Spruch gemurmelt habe, stehe ich auf und gehe davon.

10

Ich wollte dann eigentlich vom Paradiso verschwinden. Ich war auch schon auf dem Weg zum Parkplatz und habe die Autos durch die Bäume gesehen, bin aber plötzlich umgekehrt. Keine Ahnung wieso, jedenfalls bin ich zurück in den Wald gelaufen, durchs Unterholz um den See herum. In meinem Kopf sind die Gedanken Karussell gefahren, aber äußerlich war ich ruhig. Ich bin einfach nur am Ufer entlang durchs Dickicht gelaufen und habe zugesehen, wie die Dunkelheit zwischen den Stämmen dünner und dünner geworden ist. Die Sträucher und Farne und die Bäume und der Himmel, alles wurde wieder bunt und dreidimensional. Irgendwann ging über den Sandhügeln dann die Sonne auf, und der Paradiso fing golden zu leuchten an. Es sah wirklich aus, als wäre das Leuchten nicht nur eine Spiegelung auf dem Wasser sondern tatsächlich im Wasser selbst, so ein elektrisches Glimmen aus der Tiefe heraus. Als würde der See gleich Funken schlagen und in Flammen aufgehen. Wahrscheinlich waren nur meine Nerven schuld, jedenfalls hätte ich heulen mögen, so schön sah das aus. Zugleich musste ich an Simon denken und wie ich die Sache wiedergutmachen kann. Mir ist aber absolut nichts eingefallen, nichts außer Geld. Ich dachte dauernd an meine Schiffspapiere und dass ich sie ihm überschreiben werde, völlig konfuses Zeugs.

Dann kam mir seine Mobilbox in den Sinn und meine Nachricht von gestern Nachmittag. Ich habe ihn aus dieser Erothek ja so sehnsüchtig angerufen und ihm von unserer Freundschaft vorgeschwärmt. Und wenn er aufwacht, dachte ich, wird er das hören, und dieses Bild hat mich krank gemacht: Wie er das Telefon gegen seinen kaputten Kiefer drückt, und meine Stimme flüstert ihm diese Liebeserklärung ins Ohr. Dann erst, als das Bild sich so ungut im Wasser zu spiegeln begann, bin ich durch den Wald zum Auto gerannt und vom Paradiso davongerast.

Worüber ich erst jetzt so richtig nachdenke, hier auf der Autobahn, ist die Sache mit Leni. Vorhin habe ich zwar auch immer wieder an sie gedacht, aber nur so komplett paranoid. Jetzt sehe ich die Dinge aber wieder klar und nüchtern, und das verdanke ich dem Speed. Vor dem Losfahren habe ich noch eine kräftige Line gezogen, als Vorsichtsmaßnahme, wenn man so will. Ich habe am Filterwochenende ja sechs, sieben Bier getrunken und dieses teuflische Gras geraucht, so dass ich nicht gerade der ideale Fahrer bin. Ohne das Speed, glaube ich, wäre es auch ziemlich gefährlich, jetzt mit zweihundert Sachen durch die Gegend zu rasen. Ich wäre furchtbar müde und unkonzentriert und eine echte Bedrohung für mich und auch für die anderen Leute auf der Autobahn. Aber so funktioniert das ganz wunderbar. Ich bin wach und aufmerksam und halte das Lenkrad sehr sicher in den Händen. Ich kann mir dabei sogar Zigaretten drehen und aus dem Seitenfenster in die Landschaft schauen, in dieses üppig wuchernde Grün. Das einzig Unangenehme ist, dass meine Schleimhäute jucken und ich wie besessen mit den Zähnen knirschen muss. Ich wetze ununterbrochen die unteren Schneidezähne an den oberen entlang und mache dabei den halben Schmelz kaputt, aber das ist es wert. Ohne das Pulver würde ich niemals so souverän die Kilometer herunterreißen und hätte bestimmt noch immer diese paranoiden Ideen im Kopf. Tatsächlich habe ich mir vorhin ja eingebildet, dass Leni sich heimtückisch an mir rächen wird. Wenn Simon ihr alles erzählt, habe ich gedacht, ruft sie den Bergler an und fährt nach Potsdam mit ihm. Und während er den Professoren seine Kurzfilme zeigt, klärt sie Johanna über mich auf. Ich konnte das alles vor mir sehen, im Splitscreen-Format sogar: Sie und Johanna an einem der runden Tische im Hochschulcafé, und der Bergler und die Professoren in einem der Vorführsäle unter dem Dach. Ich habe wirklich das Ende gesehen, den totalen Untergang meiner Existenz.

Jetzt weiß ich aber, dass das Unsinn ist, alberner Vorabendserienquatsch. Leni würde niemals etwas so Gemeines tun, es käme ihr nicht einmal in den Sinn. Dafür ist sie ein viel zu anständiger Mensch. Und ich hoffe bei Gott, dass sie es bleibt. Dass sie nach dieser Sache nicht so wird wie die ganzen anderen Leute, so hart und kalkulierend und ohne jedes Vertrauen in die Menschen und diese Welt. Aber das wird nicht geschehen. Sie wird eine Weile kämpfen müssen, aber am Ende wird sie wieder die Alte sein. Sie wird sich neu verlieben und mich mit der Zeit vergessen, und ich werde ihr dabei helfen so gut ich kann. Viel kann ich natürlich nicht tun, aber immerhin werde ich sie vor dem Gröbsten bewahren. Vor dem Schock, dass Simon es ihr erzählt. Ich werde es ihr selbst gestehen. Ich werde ihr eine mindestens zehn Seiten lange E-Mail schreiben, und zwar heute noch. Ich werde ihr alles haarklein berichten und beichten, und dann kann sie mich so richtig hassen und viel leichter Abschied von mir nehmen, als es ihr sonst möglich wäre.

Genau das werde ich tun, und der Gedanke daran macht mir Mut. Der bringt mir sogar meine Hoffnung zurück, und meine Zuversicht obendrein. Yes Sir, sage ich ein paarmal laut vor mich hin, schreie es beinahe im Auto herum: Yes Sir, wir kriegen das schon gerafft! Keine Ahnung, was ich genau damit meine, aber es steckt Entschlossenheit in den Worten und ein irgendwie amerikanisch gefärbter Optimismus. Ich trete das Gaspedal bis zum Anschlag hinunter, so dass der Motor aufheult wie ein gemartertes Tier, und sage mir, dass es höchste Zeit ist, wieder nach vorne zu schauen. Nach vorne in die Zukunft, meine ich. In meine Zukunft mit Johanna, genau gesagt. Ich sehe sie ja bereits in einer Dreiviertelstunde, und da muss ich mich doch freuen und vorbereitet sein. Bis jetzt, da mache ich mir nichts vor, habe ich gar keine rechte Ahnung, mit wem ich gleich ins Flugzeug steige. Ich weiß, dass Johanna zuckersüß lächeln kann und dass sie blonde Haare und blaue Augen und eine kleine Narbe auf ihrem Schulterblatt hat. Ich weiß auch, dass sie Tom Cruise nicht leiden kann, Brad Pitt und Sean Penn aber schon; aber sonst? Selbst mit einem Revolver am Schädel könnte ich gerade nicht viel mehr zu ihr sagen, und einerseits ist das bedenklich, aber andererseits ist es auch schön. Ich habe jetzt die einmalige Chance, sie kennenzulernen, volle zwei Wochen lang. In der Zeit entdecke ich bestimmt tausend Sachen, in die ich mich verlieben werde, mit der richtigen Einstellung ist das gar kein Problem. Sie studiert ja nicht einfach nur so Schauspiel an der Filmhochschule, nicht nur weil sie jung ist und hübsch, sondern wegen ihres Talents. Weil etwas völlig Einzigartiges in ihr steckt, irgendein Riesenpotential. Sonst wäre sie doch dort nicht aufgenommen worden, sie hat sich ja nicht so halbseiden durch die Prüfung gemogelt, zumindest weiß ich nichts davon. Außerdem gibt es noch einen viel wichtigeren Hinweis, dass Johanna ein sehr besonderer Mensch ist, und der hat mit mir selbst zu tun. Mit meiner Vergangenheit sozusagen. Und zwar habe ich, was Frauen betrifft, seit meiner Jugend einen ununterbrochenen Aufstieg hingelegt. Meine Freundinnen sind mit der Zeit immer hübscher und charakterlich beeindruckender geworden, angefangen mit der tschechischen Prostituierten in Cheb über die verrückte Kerstin und dann die Nina und noch ein paar andere bis zu Leni. Das war eine einzige Erfolgsstory, ein permanentes Upgrading wenn man so will. Ich habe immer instinktiv gespürt, wer noch besser für mich ist und mich noch idealer weiterbringt und bin damit auch jedes Mal richtig gelegen. Und so wird es auch diesmal sein. So muss es einfach sein, sonst wäre diese Reise vollkommen trostlos und ganz und gar sinnlos obendrein.

Ich sorge mich aber nicht weiter, sondern schalte erst einmal das Radio ein. Ein bisschen Ablenkung tut mir jetzt bestimmt gut. Ich drücke ein paar Mal auf dem Suchknopf herum, und als erstes bekomme ich Bayern 1 herein, so einen Volksmusiksender für Rentner und Bauern, auf dem ein katholischer Morgengottesdienst übertragen wird. Der Pfarrer hat eine sehr heisere Stimme und ist ungefähr hundert Jahre alt. Er warnt die Zuhörer vor irgendwelchen Jugendsekten im Osten, und dann, gerade als ich ihn wegdrücken will, fängt er mit der Vergebung der Sünden an. Das eine hat nichts mit dem anderen zu tun, null Komma null Prozent, und ein paar Sekunden lang wird mir richtig heiß. Ich meine, der Mann kann unmöglich wissen, dass ich gerade bei ihm eingeschaltet habe, aber trotzdem beginnt er genau jetzt über das Thema zu sprechen, das mich am brennendsten interessiert. Ich muss mich zusammenreißen, den Wagen auf Spur zu halten, aber dann bin ich tapfer und höre ihm zu. Zuerst drischt er nur Phrasen, aber dann sagt er, dass er es verstehen kann, wenn man nicht regelmäßig zur Beichte geht, weil das eine sehr intime Sache ist und man außerdem nicht immer Zeit dazu hat. Aber das solle einen nicht daran hindern, sich ab und an zu besinnen und Jesus zu bitten, einem zu verzeihen. Man müsse sich nicht einmal hinknien dazu, sondern könne es auch im Büro oder ganz bequem zu Hause auf dem Sofa tun. Das Wichtigste sei nur, dass man den Kontakt nicht abreißen lässt, den Kontakt zu Jesus. Man dürfe nur nie vergessen, dass der Heiland all unsere Sünden bereits auf sich genommen hat, und wenn man sich mit ganzer Seele zu ihm bekennt, ist man auch selbst wie neu.

Ich lausche, als ginge es um mein Leben, aber leider erklärt er dieses Neusein dann nicht. Er wechselt wieder das Thema und regt sich urplötzlich über die Psychologen in Deutschland auf. Er lässt eine unglaubliche Hetzrede vom Stapel, mitten am Sonntagvormittag auf Bayern 1, aber die ist nicht mehr so interessant. Er macht das ziemlich plump und vermutlich auch nur deshalb, weil die Psychologen ihm seinen Job streitig machen. Die hören sich ja auch den ganzen Mist von den Leuten an, die mit ihren Schuldgefühlen nicht mehr klarkommen und glauben, dass ihnen irgendein Fremder helfen kann. Als ob einem irgendjemand helfen könnte, außer man sich selbst! Ich kann den Radiopfarrer wirklich verstehen. Ich verachte die Psychologen ja auch aus tiefster Seele, finde es aber trotzdem schade, dass er vor lauter Hass die Jesussache aus den Augen verliert. Nicht, weil ich eine besonders innige Beziehung zu Jesus hätte, sondern weil sich das so schön verheißungsvoll angehört hat. Diese Jesusoption, meine ich. Dem Roland, fällt mir ein, ging es in der Tschechei ja genauso. Nach ein paar Jahren Hurerei hat er sich plötzlich zum Christentum bekannt, quasi über Nacht. Und der Raskolnikow, der auch. Der ist im sibirischen Arbeitslager ebenfalls zum Christen geworden. Es kann im Grunde also jeden erwischen, zu jeder Zeit. Plötzlich schlägt Jesus zu, und alles wird wieder wie neu. Wobei bei Roland und auch bei Raskolnikow ja hauptsächlich die Frauen für die Bekehrung verantwortlich waren. Die Svetlana und die Sonja haben die zwei ja erst auf die Religion gebracht. Und wenn die beiden muslimische Frauen gewesen wären und keine Christinnen, dann hätten sich ihre Männer vielleicht ganz anders entwickelt. Vielleicht so wie Cat Stevens, der ja inzwischen Yussuf Islam heißt. Ich kann es wirklich nicht sagen, ich weiß nur, dass ich eine gewaltige Sehnsucht habe, mich wie neu zu fühlen. Ich traue mich schon gar nicht mehr in den Rückspiegel zu schauen, so alt und verbraucht komme ich mir vor. Von dem Alkohol und den Drogen ist meine Haut bestimmt ganz bleich. Und weil ich seit Jahren nicht mehr geschlafen habe, liegt obenauf wahrscheinlich ein Fettfilm wie ihn Aknekranke oft haben. Hoffentlich macht Johanna da keinen Rückzieher, wenn sie mich sieht. Sie könnte ja auch eine Art Rettung für mich sein, zumindest eine vorläufige.

Während im Radio der Kirchenchor zu singen anfängt und draußen ein blaues Schild vorbeirauscht, auf dem *Flughafen Franz-Josef-Strauß 29 km* steht, habe ich noch einen anderen Gedanken. Er hat auch mit Jesus zu tun, aber eher indirekt. Und zwar überlege ich mir, vielleicht selbst irgendwann einmal Pfarrer zu werden. Das klingt vermutlich wie ein schlechter Witz, aber ich meine es ernst. Es ist ja gut möglich, dass sich diese Drehbuchsache als großer Flop herausstellt, und irgendwas muss ich ja dann trotzdem tun und werden. Warum nicht Pfarrer? Pfarrer suchen sie im Moment wirklich händeringend, vor allem auf dem Land. Meine Oma beklagt sich andauernd darüber, dass es in ihrer Gegend nur noch indische und polnische Pfarrer gibt, weil die Deutschen nicht mehr wollen. Wegen des Zölibats wollen die nicht mehr, glaube ich. Aber wenn man es geschickt anstellt, kann man sich ja trotzdem mit Frauen treffen und sogar Affären haben. Mit seiner Haushälterin vielleicht. Die könnte dann in einem Anbau wohnen, und heimlich baut man in der Sakristei oder noch besser im Keller eine Verbindungstür ein, so dass es niemand mitbekommt. Aber es geht mir gar nicht so sehr um die Frauen, es geht mir ums Leben an sich. Ich sehe so ein hübsches, oberbayrisches Dorf vor mir, ein altes Pfarrhaus mit einem verwilderten Garten, in dem viele Blumen blühen, und drumherum einen windschiefen Holzzaun. An klaren Tagen könnte man bis zu den Alpen sehen, und da würde ich im Sommer sitzen und lesen oder mit der Dorfjugend Fußball spielen. An den Festtagen würden die Ministranten Lampions in die Zweige der alten Buche spannen, die dort auf dem Kirchplatz wächst, und darunter stellen sie Bierbänke auf, und irgendjemand spielt Gitarre oder macht sonst wie Musik dazu. Zithermusik vielleicht. Das einzig anstrengende wären wahrscheinlich die Gottesdienste, aber mit ein bisschen Übung laufen die bestimmt auch wie von selbst. Und bei den Predigten könnte ich der Gemeinde dann sogar meine eigenen Ansichten vermitteln, mich einbringen sozusagen, das hat der Radiopfarrer ja gerade noch vorgemacht.

Das wäre schon eine feine Sache, dieses Pfarrersleben, keine Frage. Ich würde es mir auch gerne noch weiter ausmalen, werde aber leider abgelenkt. Ganz plötzlich, obwohl ich nirgends gedrückt und auch sonst nichts getan habe, leuchten vor mir am Armaturenbrett zwei bunte Symbole auf. Das eine ist das rote Ölsymbol, das erkenne ich an der schwarzen Kanne mit dem Tropfen vorne, und das heißt, dass der Motor zu wenig Öl hat. Das andere Symbol ist blau und zeigt ein an den Ecken abgerundetes Rechteck mit zwei schwarzen Wellenlinien in der Mitte. Obwohl ich seit fast acht Jahren Auto fahre, ist es mir völlig unbekannt. Ich habe es wirklich noch nie gesehen. Wenn ich einen Tipp abgeben müsste, würde ich aber sagen, dass es was mit dem Wasser zu tun hat, mit dem Kühlwasser oder so. Ja, es hat sogar ziemlich sicher mit dem Kühlwasser zu tun. Das sage ich nicht nur wegen der Wellenlinien, sondern auch, weil ich jetzt bemerke, dass die Kühlwasseranzeige tief im roten Bereich steht. Der Zeiger steht wirklich auf Anschlag, rechts hinter dem roten Balken sogar, und wenn dort nicht dieses schwarze Stäbchen wäre, würde er sich wahrscheinlich im Kreis herumdrehen. Das bereitet mir Sorgen, große Sorgen sogar. Ich bin mir nämlich nicht sicher, ob die Symbole erst seit gerade eben leuchten oder nicht vielleicht schon seit Regensburg. Ich habe mich ja nicht auf das verfluchte Armaturenbrett konzentriert sondern auf die Fahrbahn. Das war bei dem höllischen Tempo ja gar nicht anders möglich.

Ich versuche, irgendwie locker zu bleiben und schalte den Kirchenchor aus. Dann verriegele ich das Schiebedach und gehe vom Gas. Ich lausche sehr aufmerksam in den Lärm hinein, und wenn ich mich nicht täusche, klingt alles völlig normal. Nur der Motor ist ohne den Fahrtwind ziemlich laut, aber der hat ja die ganze Zeit schon so gedröhnt. Ich sage mir, dass der Wagen schon nicht auf den letzten Kilometern krepieren wird. Es ist ja kein Japaner, sondern ein nagelneuer BMW. Ich sage mir auch, dass ich nicht in einem Horrorfilm bin, in dem aus unerfindlichen Gründen der Motor verreckt, nur damit es zum Showdown kommen kann. Überhaupt habe ich den Showdown doch hinter mir, es liegt doch schon einer zertreten im Wald. Ich sage mir lauter solche beruhigenden Dinge, aber dann rieche ich es. Es riecht nach verschmortem Gummi, vor allem aber nach heißem Metall. Als würde Blech oder Lack oder sogar Eisen glühen, genau so riecht es, zuerst nur schwach, aber ziemlich bald volles Rohr. Ich halte mein Gesicht ganz nah ans Gebläse und nehme einen extratiefen Zug von dem Gemisch, um herauszufinden, was es sein könnte. Ich muss aber nur husten. Ich huste mir die Lunge aus dem Leib, so ätzend ist der Gestank. Bitte Gott nein, sage ich und lasse alle Scheiben herunter, und ein paar Sekunden, nachdem ich das getan habe, drückt es weißen Dampf aus der Motorhaube. Links und rechts drückt es den Dampf aus den Ritzen der Haube, fast wie aus Geysiren auf Island. Keine Ahnung, ob der Wagen explodieren kann, ich fahre trotzdem weiter. Besser explodieren, als Johanna da am Flughafen sitzen lassen, soviel steht fest. Ich fahre einfach langsamer, erst hundert, dann nur noch achtzig, und als ich auf sechzig verlangsame und in den vierten Gang zurückschalten will, beiße ich mir die Zunge blutig. Die muss irgendwie zwischen meine mahlenden Zähne geraten sein, aber der Schmerz ist jetzt mein geringstes Problem. Das Problem ist vielmehr, dass ich nicht in den vierten Gang zurückschalten kann. Ich kann das nicht, weil ich schon im Vierten fahre. Keine Ahnung wie lange schon, vermutlich seit ich aus dem Regensburger Tunnel gekommen bin. Seit siebzig Kilometern ungefähr. Eine halbe Stunde lang hundertachtzig im Vierten. BMW hin oder her, das hält nicht einmal ein Panzer aus.

Das war das Speed, sage ich mir, das gottverfluchte Speed! Wenn ich das Zeug nicht geschnupft hätte, wäre das nie passiert. Ich wäre viel konzentrierter und aufmerksamer gewesen und hätte sofort wieder in den Fünften hochgeschaltet. Aber ich schnupfe ja immer, wenn es was zu schnupfen gibt. Und bis heute ist es auch gut gegangen, aber jetzt, ausgerechnet jetzt, rächt es sich. Jetzt sitze ich knietief im Dampf und in der Scheiße. Ich versinke sogar darin. Der Wagen wird immer langsamer, und plötzlich fängt er zu stottern an. Dann spuckt er noch ein paarmal ganz erbärmlich vor sich hin, und schließlich schmiert der Motor ab. Ich habe keinen Schimmer, was unter der Kühlerhaube vor sich geht, jedenfalls rumpelt es kräftig, so als würde jemand von unten Felsbrocken in die Karosserie hineinschleudern, und dann höre ich nur noch den entweichenden Dampf und den leiser werdenden Fahrtwind und sonst gar nichts mehr. Ich trommele mit aller Kraft aufs Gaspedal und drehe den Zündschlüssel hin und her, aber das ändert nicht das Geringste daran. Der Motor ist tot, so tot, wie er nur sein kann. Das Einzige, was ich noch tun kann, ist, das Steuer festzuhalten und den Wagen auf den Standstreifen zu lenken. Dort rollt er langsam aus, und ich sitze da, beide Hände am Lenkrad, und schaue durch die Windschutzscheibe in die Landschaft hinein. Zuerst in die Landschaft und dann in den Himmel. In diesen wolkenlosen Himmel, in dem nichts, aber auch gar nicht zu sehen ist außer zwei weißen, sich überkreuzende Kondensstreifen, deren ausfransende Enden sich langsam in der Atmosphäre verflüchtigen, während ihre Spitzen weiter und weiter in dieses gleißende Blau hineinwachsen.

Ich sitze eine Weile so da und gebe keinen Mucks von mir. Ich löse nicht einmal den Sicherheitsgurt, ich glaube, ich atme auch gar nicht mehr. Ich starre einfach nur das schrumpfende Kondensstreifenkreuz am Himmel an. Wie hypnotisiert starre ich dort hinauf, und dabei wird mir feierlich zumute. Andächtig geradezu. Ich sage mir, dass ich gerade an etwas Außerordentlichem teilhaben darf, an etwas Erhabenem beinahe schon. Und zwar am Humor Gottes, wenn ich mich nicht täusche. Ein weiß-blauer, federleichter und unfassbar intriganter Humor ist das. Der zieht mir wirklich die Schuhe aus, davor habe ich ehrlich Respekt. Das Einzige, was jetzt noch fehlt, ist ein bemalter Kastenwagen. Ein bemalter Kastenwagen, der hinter mir anhält und aus dem die Patrizia steigt, weil sie glaubt, dass sie hier helfen kann. Und wenn sie mich sieht, streckt sie mir, genau wie gestern Nacht mein kleiner Bruder, den Mittelfinger entgegen, steigt wieder ein und fährt davon. Das wäre wirklich die Krönung, das oder vielleicht die Autobahnpolizei.

Die würde mir ungefähr eine halbe Sekunde lang ins Gesicht schauen, mir ein Röhrchen in den Mund schieben und ein paar Haare ausrupfen, und auf dem Revier dürfte ich dann meine Geschichte erzählen. Da hätten die Bullen aber ihre Freude. Und mein Vater erst recht. Keine Ahnung, was der zu der Sache sagen würde. Vermutlich würde er diesen Phil-Collins-Song zitieren, *You're no son of mine*. Und das, obwohl er den Song noch nicht einmal kennt. Ich male es mir wirklich nicht aus, No Sir, ich muss jetzt schleunigst hier weg. Ich muss jetzt nach Portugal, so dringend wie kein Mensch zuvor. Ich warte auch nicht länger sondern stoße die Tür auf und steige aus. Den Schlüssel lasse ich stecken, den Wagen kann klauen, wer will. Ich laufe drei Schritte über den Asphalt, stelle mich auf die rechte Fahrspur und winke den Autos entgegen, die wie die Irren auf mich zurasen. Mit beiden Armen winke ich ihnen entgegen, wie die Fluglotsen mache ich das, so dass man mich bestimmt nicht übersieht. Die ersten beiden Fahrer drücken auf die Hupe, und der dritte zeigt mir den Vogel und braust keine Bleistiftlänge an meiner rechten Hand vorbei. Den Vierten warte ich nicht mehr ab. Ich drehe mich einfach um, springe über die Leitplanke die Böschung hinunter, mitten in ein Brennnesselgestrüpp, sodass es mir kräftig die Haut versengt, und dann spurte ich querfeldein auf das Dorf zu. Das liegt dort drüben auf einer kleinen Anhöhe, gar nicht weit weg. Ein paar Häuser und Höfe und ein spitzer Kirchturm in der Mitte, und da gibt es sicher irgendwelche Leute, die mich zum Flughafen fahren wollen. Für hundert Euro wollen die das bestimmt. Ich spurte über eine frisch gemähte Wiese mit Milliarden summender Insekten darin und dann durch ein Kornfeld. Ich trample einen schnurgeraden Pfad durch die hüfthohen Halme, die unter mir wegknicken wie nichts. Meine Lunge brennt lichterloh, und mein Herz pumpt sich highspeed dem ersten Infarkt entgegen, aber das ist mir egal. Hauptsache, ich komme da an. Tom Cruise ist auch angekommen. Keine Ahnung wieso, aber während mir die Halme um die Schenkel rauschen, habe ich *Mission Impossible III* vor Augen. Die Szene, in der Tom Cruise seine gefangene Frau retten will und deshalb wie ein Irrer durch Shanghai sprintet: den Rücken brettgerade, die Arme zackig abgespreizt, und die pumpenden Oberschenkel abwechselnd in einem eins a rechten Winkel zum Oberkörper. Genau so spurte ich durch das Korn, so als ginge es um Leben und Tod und um die Zukunft Amerikas obendrein. Seltsamerweise grinse ich dabei, ein unfassbar dämliches Grinsen muss das sein, wie mit einem Vorschlaghammer in mein Gesicht geprügelt. Dann hört das Feld irgendwann auf, ich breche mit den Ellenbogen voran durch eine Hagebuttenhecke und komme an den ersten Höfen vorbei in das Dorf hinein. Ich laufe die Dorfstraße entlang und schaue mich links und rechts nach Leuten um, Autos parken jedenfalls genug am Straßenrand. Da ist aber niemand, wirklich kein einziger Mensch. Die Häuser stehen wie Attrappen in den Gärten, auf den Fensterbänken blühen Geranien, und es riecht nach Jauche und frischem Heu. Richtig idyllisch wirkt das hier, aber zugleich auch unheimlich. Als wäre der Ort gerade von der Pest heimgesucht worden und nur die Pflanzen hätten überlebt. Und die Tiere außerdem. Ein paar Kühe muhen in einem offenen Stall, und in der Ferne kläfft ein Hund.

Dann macht die Straße einen Knick und führt mich auf einen kleinen Platz, und da steht die Kirche. Daneben ist der Friedhof, und gleich vor der Friedhofsmauer spielen zwei blonde Mädchen mit einem Ball. Die Mädchen sind noch im Kindergartenalter und tragen weiße Kleider und rote Schleifen im Haar. Sie werfen den Ball hin und her, und jedes Mal, wenn eine ihn fängt, rufen sie eine Zahl und klatschen genauso oft in die Hände. Ich laufe auf die beiden zu, ziehe meinen Geldbeutel aus der Tasche und nehme alle Scheine heraus, die ich finden kann. Ich strecke den Arm aus, winke den Mädchen mit dem Scheinfächer in der Hand entgegen und frage sie ganz lieb, wo denn ihr Papi ist. Ich gehe sogar in die Hocke, damit ich genauso klein bin wie sie. Ich glaube nicht, dass ich besonders bedrohlich wirke, aber mit dem rasselnden Atem und den Brennnesselpusteln auf meiner Haut sehe ich bestimmt auch nicht sehr vertrauenserweckend aus. Die Mädchen jedenfalls antworten mir nicht. Sie schauen mir nur starr ins Gesicht, gar nicht wie echte Kinder sondern mehr wie so Roboter in Kinderkörpern, und dann lässt die eine den Ball fallen und läuft davon. Die andere ruft zwei Mal: Inge, und als ich noch einen Schritt näher komme, hält sie sich die Hände vor die Augen und sagt, dass der Papi in der Kirche ist und ich weggehen soll. Ich werfe ihr einen Schein vor die Füße und sage, dass sie ein liebes Mädchen ist und sich was Schönes kaufen soll, dann lasse ich sie stehen und laufe auf die Kirche zu.

Ich laufe aber nicht sofort in die Kirche hinein, sondern lehne mich gegen das Portal. Ich wische mir den Schweiß von der Stirn und hole tief und gleichmäßig Luft, bis mein Atem sich halbwegs beruhigt. Mein Herzschlag beruhigt sich aber nicht. Mir ist unfassbar mulmig zumute, weil das, was ich gleich tun werde, habe ich noch nie getan. Das tun normalerweise nur Verrückte oder Perverse, und zu denen gehöre ich nicht. Keine Ahnung, zu wem ich eigentlich gehöre, jedenfalls muss das jetzt sein. Das wird schon, sage ich mir, dann ziehe ich die schwere Tür mit einem Ruck auf und gehe hinein.

Innen schlägt mir dieser typische Geruch entgegen, der Geruch von Weihrauch und kühlem Stein. Auf der Empore spielt jemand auf der Orgel, und auch insgesamt ist die Stimmung sehr andächtig. Es ist eine wirklich alte Kirche mit ausgetretenen Steinplatten auf dem Boden, mannshohen Heiligenfiguren aus dunklem Granit und einem bemalten Deckengewölbe, auf dem feine Risse entlanglaufen. Ich lasse die Atmosphäre ein paar Sekunden lang auf mich wirken und sage mir, dass ich den idealen Zeitpunkt erwischt habe. Es wird nämlich gerade der Leib Christi verteilt. Die Gläubigen stehen in zwei langen Reihen im Mittelgang und warten darauf, dass sie vom Pfarrer die Hostie in den Mund gesteckt bekommen. Ein paar Gläubige sind auch schon wieder auf dem Rückweg vom Altar oder knien mit gefalteten Händen in den Bänken, und das ist der Höhepunkt des Gottesdienstes. Das oder vielleicht der Friedensgruß, bei dem man irgendwelchen wildfremden Leuten plötzlich die Hand schütteln soll. Da fühlt man sich wirklich sehr erlöst und hilfsbereit hinterher und möchte Gott und die Welt umarmen. Aber nach der Hostie auch, das weiß ich noch genau. Wenn man mit einem unendlich miesen Gefühl nach vorne zum Pfarrer schleicht und dann trotzdem die Hostie kriegt, wenn man dem Pfarrer dabei sogar in die Augen sieht und nicht blinzelt, sondern die Oblate im Mund zerkaut und hinunterschluckt, als wäre es die normalste Sache der Welt. Da fühlt man sich anschließend tatsächlich als neuer Mensch. Das muss ich nutzen, diese Stimmung meine ich, die spielt mir voll in die Karten. Ich gehe noch ein paar Schritte nach vorne, bis ich hinter der letzten Bankreihe an dem Weihwasserbecken stehe. Ich drücke meinen Rücken durch, räuspere mich, und dann sage ich mit lauter Stimme: Meine verehrten Damen und Herren, entschuldigen Sie. Ich befinde mich in einer Notlage, ich bitte Sie, hören Sie mich an.

Um das Orgelspiel zu übertönen, schreie ich die Worte fast in die Kirche hinein. Wegen der hohen Decken und dem Stein überall hallen sie ganz unheimlich nach, und der Effekt ist überwältigend. Die Leute, also wirklich alle Leute in der Kirche, drehen sich wie auf Kommando zu mir um und schauen mir ins Gesicht. Die sagen kein einziges Wort dabei, nicht einmal der Pfarrer, der mich ja sofort hinauswerfen lassen könnte, sagt etwas, und dann hört die Orgel zu spielen auf. Die Musik bricht mitten im Ton ab, und genau so muss sich das anfühlen, wenn die Welt sich zu drehen aufhört und die Sonne erlischt und man der dunklen Seite des Mondes ins Auge blickt, genau so, und es ist ein unfassbar gutes Gefühl. Ein paar Sekunden lang lasse ich meinen Blick über die Gemeinde schweifen, schaue in alte und junge, in männliche und weibliche, in hübsche und hässliche Gesichter. Wie ein Heerführer, der seine Legionen mustert, schaue ich die Leute an, dann hebe ich meinen Blick zu dem goldenen Kreuz, das an drei dünnen, fast unsichtbaren Drähten über dem Altar schwebt. Ich fixiere den angenagelten

Jesus darauf, ich fixiere die geflochtene Dornenkrone auf seinem Kopf und erzähle den Leuten meine Geschichte. Ich erzähle ihnen, dass mein Auto plötzlich stehen geblieben ist und der ADAC leider erst in einer Stunde kommen kann. Ich erkläre ihnen, dass ich aber schon in fünfzehn Minuten am Flughafen sein muss, weil meine Verlobte da auf mich wartet, um mit mir nach Jerusalem zu fliegen. Ich fasse mich kurz und sage nur noch, wie leid es mir tut, den Gottesdienst zu stören, ich aber für jede Hilfe sehr dankbar wäre und auch dafür bezahlen möchte. Hundert Euro, sage ich, bar auf die Hand. Ich will das Geldbündel aus der Tasche ziehen, stütze mich stattdessen aber mit den Händen auf dem Weihwasserbecken ab. Vor meinen Augen flimmern orangefarbene Punkte, und auch die Beine fühlen sich komisch an. Ich klappe aber nicht zusammen sondern halte mich aufrecht und schaue in die Gesichter der Gläubigen hinein. Ich lächle sogar, aber in den Gesichtern rührt sich nichts. Die starren mich alle nur wie die Ölgötzen an, so als hätte ich gerade ins Weihwasser gespuckt oder mir sonst eine Schweinerei erlaubt. Das darf aber eigentlich nicht sein. Es sind doch alles Christen hier. Die sind doch zur Nächstenliebe verpflichtet! Mir fällt sogar der Spruch dazu ein, und zwar heißt es doch: Was ihr dem Geringsten meiner Brüder tut, das tut ihr auch mir an oder so ähnlich. Das hat Jesus selbst gesagt, und ich bin doch definitiv der geringste aller Brüder, ein echter Lazarus mit den Pusteln auf meiner Haut. Bitte, sage ich noch einmal: Bitte helfen Sie mir, und dann sage ich nichts mehr. Ich kann nichts mehr sagen, wirklich kein einziges Wort, und wenn sich jetzt keiner rührt, fange ich zu schreien an oder falle auf der Stelle tot um. Mindestens drei Sekunden lang sieht es auch danach aus, zappenduster sieht es aus, aber dann höre ich eine Stimme. Eine sehr ruhige und klare Stimme. Sie kommt von ganz vorne, und ich glaube, es ist der Pfarrer, der spricht. Er sagt genau das, was ich mir gerade selbst noch gedacht habe. Und zwar sagt er, dass Mitmenschlichkeit sich nicht nur in unseren Gedanken und Worten sondern vor allem auch in unseren Taten zeigt. Und auch wenn es eine ungewöhnliche Situation sei, solle man sie nicht verstreichen lassen. Denn auch man selbst könne unverhofft in eine Notlage geraten und wäre dann auf die Hilfe seiner Glaubensbrüder und -schwestern angewiesen.

Der Pfarrer spricht völlig unaufgeregt, und während ich ihm zuhöre, regt sich etwas in mir, das ich schon lange nicht mehr empfunden habe. Demut, glaube ich. Ja, ich empfinde Demut vor diesem Mann. Demut und Dankbarkeit. Ich glaube, ich war noch nie einem Menschen so dankbar wie diesem Pfarrer, den ich noch nicht einmal sehen kann, weil er von seiner Gemeinde verdeckt wird. Er muss ziemlich klein sein, höchstens eins sechzig, aber das ist überhaupt kein Problem. Ich kann kleine Menschen ohnehin besser leiden als Große, und am liebsten würde ich nach vorne laufen und ihm seine Füße küssen oder ihm sonst etwas Gutes tun. Wenn ich Zeit dazu hätte, würde ich es wirklich tun. Auf seine Worte hin treten nämlich drei Menschen, tatsächlich drei Menschen gleichzeitig, aus der Schlange und gehen auf mich zu. Eine hagere Frau in einem grünen Wollkleid, ein junger Typ mit einer verklebten Igelfrisur und ein uralter Mann mit einem schwarzen Gehstock. Und wie es der Teufel will, erreicht mich der Alte mit dem Gehstock zuerst. Er ist definitiv nicht der Flinkste von den dreien, aber er steht ganz hinten in der Schlange und muss nicht einmal fünf Schritte tun. Dem Igeltypen wäre es zwar nicht um die Mitmenschlichkeit sondern um die hundert Euro gegangen, aber er war trotzdem mein Favorit. Der hat bestimmt einen aufgemotzten Opel mit Heckspoiler vor der Tür stehen, und damit wäre ich in null Komma nichts am Flughafen gewesen. Aber das bringe ich jetzt nicht. Ich bringe es nicht, den Alten beiseitezudrücken und dann zu dem jungen Typen ins Auto zu steigen, no way. Nein, ich lächle ihm tapfer entgegen und sage mindestens eine Million Mal Danke. Ich bedanke mich auch bei dem Pfarrer und der Gemeinde. Ich halte sogar meinen Daumen ins Weihwasserbecken und schlage mit der nassen Fingerkuppe ein Kreuz auf meine Brust, und dann, nach einer tiefen Verbeugung, laufe ich ins Freie.

Genau so mache ich das. Ich laufe durch die Tür ins Freie und marschiere Seite an Seite mit dem Alten zu seinem Wagen. Es ist ein schwerer, dunkelbrauner Volvo, der an der Friedhofsmauer parkt, direkt vor einer Gedenktafel für tote Soldaten. Der Alte spricht auf dem Weg kein einziges Wort sondern stößt bei jedem zweiten Schritt seinen Stock in den Kies, so dass die Steinchen links und rechts in die Luft spritzen. Er entriegelt die Tür automatisch, und als wir dann in dem Auto sitzen, streckt er mir seine Hand entgegen und sagt, dass er Alfons Hofbauer heißt. Ich nehme die Hand und schüttele sie kräftig. Ich muss richtig dagegenhalten, so fest drückt er zu, und als er wieder loslässt, schaut er mich aus seinen himmelblauen Augen an und sagt: Anschnallen, bitte. Ich lege den Gurt an, er dreht den Zündschlüssel um, stellt die Automatikschaltung auf D und fährt los. Er macht

das alles sehr souverän, so wie ich mir es nicht besser wünschen könnte, und als wir die letzten Höfe hinter uns lassen
und das durchgestrichene Ortsschild an uns vorbeirauscht,
wird mir klar, dass ich den Hofbauer unterschätzt habe.
Obwohl er aussieht, als wäre ich sein jüngster Urenkel, beschleunigt er auf der Landstraße, dass mir Hören und Sehen
vergeht. Ich bin ja selbst ein äußerst aggressiver Fahrer und
gehe jederzeit Risiken ein, aber der Hofbauer schlägt mich
um Längen. Der fährt einen wirklich spekulativen Stil. So
als könnte er tatsächlich um die Kurve sehen oder als wäre es
ihm einfach egal, ob was kommt. Mit seinem Volvo putzt er
vermutlich die meisten anderen Autos von der Straße, aber
gegen einen Laster hätten wir trotzdem keine Chance. Ich
sage aber keinen Ton, sondern kralle nur meine Zehen ins
Schuhbett hinein. Der Hofbauer hat das schon im Griff. Der
fährt seit sechzig Jahren durch diese Gegend, der kennt bestimmt jeden Strauch am Straßenrand und weiß genau, was
er tut. Da bin ich mir sicher, todsicher sogar. Das Einzige,
was mich nervös macht, sind seine Finger. Lange, spindel-
dürre und fast gelbe Finger, so als hätte man hauchdünnes
Mais-Papier direkt über die Knochen gezogen. Und immer
wenn die letzte Ziffer der Digitaluhr oben auf der Mittel-
konsole eine Minute weiterspringt, nimmt er die rechte
Hand vom Lenkrad und tippt mit diesen Fingern dagegen.
Keine Ahnung, weshalb er das tut, ich weiß ja besser als jeder andere, dass wir es eilig haben. Vor allem weiß ich aber,
dass wir es so eilig gar nicht haben. Ich habe in der Kirche ja
ein bisschen geschwindelt. Tatsächlich habe ich noch fast
eine halbe Stunde Zeit, um zum Flughafen zu kommen. Ich
wollte den Leuten nur etwas Feuer unter dem Hintern machen. Das sage ich dem Hofbauer aber nicht. Ich starre nur

in die Landschaft hinein: Wiesen und Felder und Dörfer, und hier und da wachsen ein paar Bäume am Straßenrand. Vor allem sehe ich aber Strommasten. Ganze Heerscharen von Strommasten stehen links und rechts im Getreide und strecken ihre eisernen Arme in die Luft, und das ist wirklich ein gutes Zeichen. So ein Flughafen frisst ja Strom ohne Ende, und das heißt, wir sind nah.

Um dem Hofbauer eine Freude zu machen, deute ich auf die Strommasten und sage, wie hässlich ich sie finde und dass die schöne Gegend wohl sehr unter dem Flughafen gelitten hat. Weil die Natur jetzt verschandelt ist und immerzu ein schrecklicher Lärm herrscht, sage ich. Zuerst ignoriert er mein Geschwätz, aber als wir dann auf die Autobahn fahren, schüttelt er den Kopf und sagt, dass die jungen Leute oft so denken. Er selbst, sagt er, ist aber ein Befürworter des Flughafens, und das, obwohl er noch nie in seinem Leben geflogen ist. Er erzählt mir, dass er früher Bauer war und Tag und Nacht für seine Tiere da sein musste, aber dann zum Unternehmer geworden ist. Als der Flughafen den Betrieb aufnahm, hat er all seine Kühe und Schweine verkauft und von dem Geld die Wiese hinter seinem Haus zubetonieren lassen. Und dort parken jetzt die ganzen Autos der Leute, die von München aus in den Urlaub fliegen. Die parken da, weil er nur die Hälfte von den teuren Flughafengebühren verlangt. Er und seine beiden Söhne fahren die Leute sogar zum Bahnhof in den Nachbarort, und weil sie inzwischen eine Internetseite eingerichtet haben, billig-parken-beim-bauern.de, läuft das Geschäft ganz prächtig. Und selbst jetzt, sagt er, verdient er schon wieder hundert Euro an dem Flughafen, für nicht einmal eine halbe Stunde Fahrt.

Er schaut einen Moment lang zu mir rüber, und seine blauen Augen nehmen dabei einen unangenehmen Ausdruck an. Gierig und ein bisschen höhnisch, vor allem aber stechend scharf. Ich ziehe meinen Geldbeutel aus der Tasche und lege zwei Fünfzigeuroscheine auf die Ablage zwischen den Sitzen. Der Hofbauer streckt die Hand danach aus und nimmt die Scheine weg. Er zerknüllt sie mit den Fingern zu einer knittrigen Kugel und steckt sie in die Hosentasche. Er bedankt sich noch nicht einmal für das Geld, sondern tippt nur auf die Uhr und sagt: Gleich sind wir da.

Kurz darauf taucht dann tatsächlich das Flughafengelände auf. Die Autobahn läuft schnurgerade auf eine Reihe lang gezogener Gebäude zu, im Sonnenlicht gleißende Stahl- und Glaskonstruktionen, die sich rechtwinklig aus der Landschaft heben. Daneben kann ich das Rollfeld erkennen, die grauen Start- und Landebahnen und ein paar blinkende Positionslichter am Rand. Fast auf gleicher Höhe mit uns setzt eine Lufthansamaschine zur Landung an, und als die Reifen des Flugzeugs auf die Rollbahn treffen, staubt es auf dem Asphalt. Das muss der verbrannte Gummi sein, der Abrieb oder so. Mir fällt noch mal der kaputte BMW ein und dieser ätzende Motorgestank, aber dann schaue ich auf die Uhr und bin einfach nur froh. Die Ziffern zeigen 10:24 Uhr an, und das heißt: Ich habe es geschafft. Ich habe es tatsächlich geschafft, ich bin sogar gut in der Zeit. Ich könnte in einer Flughafenbar sogar noch einen Espresso trinken und ein Sandwich essen, die Schalter schließen nämlich erst viertel vor elf. Obwohl ich ziemlichen Hunger habe, werde ich es aber nicht tun. Ich werde Johanna keine Sekunde länger warten lassen. Vermutlich ist sie ja schon völlig hysterisch und glaubt, dass ich mich vor der Reise drücken will. Wenn sie wüsste, wie sehr sie sich täuscht. Wenn ich ihr das bloß erzählen könnte, mein Gott.

Das kann ich natürlich nicht, aber während der Hofbauer den Wagen die Terminalauffahrt hochlenkt, nehme ich mir vor, so ehrlich wie möglich zu sein. Nur die Sache mit Simon und Leni werde ich verschweigen und das Filterwochenende insgesamt. Sonst aber nichts. Von allem anderen werde ich Johanna erzählen: Von Konrad und Verena und dem tückischen Bergler, von meinem Bruder und von Roland sowieso. Ich werde ihr sogar von Patrizia berichten, einfach alles, lückenlos. Das heißt, wenn ich es mir genauer überlege, halte ich lieber den Mund. Johanna glaubt ja, dass ich diesen Unfall hatte, bei Jena oder Gera irgendwo. Ich habe ihr gestern ja diese SMS geschrieben, weiß der Himmel wieso. Die Vorstellung, gleich wieder flunkern zu müssen, macht mich unsagbar müde, aber wahrscheinlich ist es besser so. Ich meine, es ist besser, Geschichten komplett zu erfinden, als mit Halbwahrheiten hausieren zu gehen. Davon hat keiner was, und man selbst verliert schnell den Überblick. Nein. Ich werde noch eine letzte kleine Geschichte erzählen und danach dann ehrlich sein. Dann aber wirklich, das schwöre ich.

Jetzt sorge ich aber erst einmal dafür, dass der Hofbauer keine Dummheiten macht. Am Schluss weiß der noch, wo die Maschinen nach Jerusalem starten und fährt mich dorthin. Ich will aber zu Germanwings, und das ist da vorne rechts. Unter dem Terminalvordach hängt ein Schild mit dem Logo, und ich deute darauf und sage, dass wir hier richtig sind. Er lenkt den Wagen in die Einfahrt und hält vor den gläsernen Schiebetüren. Ich wünsche ihm noch einen schönen Sonntag, dann steige ich aus und werfe die Tür ins Schloss. Ich laufe an zwei rauchenden Stewardessen vorbei in die Abflughalle und schaue zur Anzeigentafel hoch. Lissabon steht ziemlich weit oben, der Check-In-Schriftzug blinkt, und der Gepäckschalter ist C 24. Ich laufe den Schildern hinterher über den blitzblank polierten Flughafenboden und bemerke dabei etwas Seltsames. Vielleicht liegt es nur daran, dass ich kein Gepäck bei mir trage, jedenfalls sehen mich die Leute sehr kritisch an. Ein Rentnerpärchen schüttelt den Kopf, und eine japanische Mutter zieht sogar ihre Tochter beiseite. Zuerst sage ich mir, dass ich Gespenster sehe, aber als ich mich auf der Toilette im Spiegel betrachte, begreife ich es. Mein T-Shirt ist völlig verdreckt und am Saum eingerissen. Über meine Stirn zieht sich ein dünner, roter Striemen, und in meinen zerzausten Locken hängen Blätter und sogar ein kleiner Hagebuttenzweig. Ich säubere mich so gut es geht und ziehe das T-Shirt verkehrt herum an, dann drehe ich den Wasserhahn auf und halte mein Gesicht darunter. Als ich mich abgetrocknet habe, riskiere ich noch einen Blick. Ich muss vor Freude nicht unbedingt jubeln, aber an sich sehe ich passabel aus. Die Ringe unter den Augen waren schon dunkler, und trotz des grellen Neonlichts wirkt meine Haut sogar relativ frisch. Ich lächle mir freundlich entgegen, dann drücke ich die Toilettentür auf und gehe in die Halle zurück.

Ich laufe dicht hinter einer Gruppe Rucksacktouristen, damit man mich nicht gleich entdeckt, wenn man in meine Richtung blickt. Weiter vorne sehe ich auch schon die

Check-In-Schlange vor Schalter C 24. Außer ein paar jungen Familien wartet dort ein halbes Dutzend Surfertypen, und ganz am Ende der Schlange ist Johanna. Sie trägt ein helles Sommerkleid und sitzt mit übereinandergeschlagenen Beinen auf ihrem Koffer. Sie hält ihr Telefon in der Hand und tippt eine Nummer in die Tasten, dann wirft sie ihr Haar zurück und hält es an ihr Ohr. Ich schiebe mich an den Rucksacktouristen vorbei in einen Presseladen und spähe zu ihr hin. Johanna spricht jetzt in den Hörer, sie spricht sehr schnell und gestikuliert dabei mit der freien Hand. Ich sehe ihre leichten, geschmeidigen Bewegungen und kann es kaum glauben, dass ich mit einer so tollen Frau zusammen bin. Die Surfer werfen ihr immer wieder Blicke zu, und einer von ihnen, der einen albernen Reif in seine Haare geschoben hat, lächelt ihr ins Gesicht. Johanna lächelt nicht zurück. Sie wartet nur auf mich. Sie möchte jetzt nur, dass ich komme, niemand sonst, das ist sonnenklar. Es ist ihr egal, dass ich zu spät bin und kein Gepäck dabei habe und alles. Hauptsache, ich tauche jetzt auf. Hauptsache, ich bin jetzt da. Und es wäre so einfach, zu ihr zu gehen, irgendeine Geschichte zu erzählen und mit ihr ins Flugzeug zu steigen. Wir würden gute Tage haben, es wäre eine schöne Zeit. Und wenn ich die Dinge noch entspannter angehe, wird in Zukunft sogar alles noch viel besser für uns. Wir werden eine aufrichtige Beziehung führen und alt und glücklich miteinander werden. Ich wünsche mir das so sehr, alt und glücklich mit ihr zu werden, und vorher noch zu heiraten und Kinder mit ihr zu bekommen, zwei Mädchen und zwei Jungen, das wäre die Lösung vielleicht. Ich begreife auch gar nicht, weshalb ich noch immer hinter diesem Zeitungsständer stehe und sie beobachte, als wäre sie eine wildfremde

Person und nicht meine Freundin, die mich doch liebt. Ich muss jetzt wirklich zu ihr gehen, am besten sofort. Ich warte trotzdem noch eine Minute, vielleicht sogar zwei. Ich warte solange, bis Johanna sich über ihren Koffer beugt und die Verschlüsse öffnet. Sie dreht mir dabei den Rücken zu, und als sie anfängt in ihren Sachen zu wühlen, spanne ich ein Lächeln in mein Gesicht und gehe mit schnellen und möglichst leisen Schritten auf sie zu.

Danksagung

Herzlicher Dank geht an meine Eltern. Für alles.

Außerdem danke ich Katrin Zimmermann, Hanns-Josef Ortheil und Anne-Kathrin Heier für ihre aufmerksame Lektüre sowie Ruedi Brütsch und Petra Zimmermann für ein Haus im Tessin.

Fridolin Schley

»*Fridolin Schley wagt viel – und gewinnt!*«
Ingo Schulze

Fridolin Schley
Wildes schönes Tier

Was tut der Mensch nicht alles, um die Illusion von dauerhaftem Glück und selbstbestimmtem Leben aufrechtzuerhalten. Ob in einer denkwürdigen Nacht im abrissgeweihten Palast der Republik oder der heimlichen Manipulation einer fremden Dreiecksbeziehung am Computer der Unibibliothek – Fridolin Schleys erzählerische Souveränität ist beeindruckend, und die verführerische Gratwanderung auf der Grenze vom Beobachter zum Voyeur verleiht diesen Erzählungen einen ganz besonderen Reiz.

»Die Erzählungen von Fridolin Schley machen den Leser hellhörig. Man liest sie erst mit Neugier und dann mit Heißhunger auf die Auflösung der gestellten Rätsel.« *SZ*

Berliner Taschenbuch Verlag
Weitere Informationen: www.berlinverlage.de

Svenja Leiber

»Dicht und zugespitzt, treffend – und brutal.«
NEON

Svenja Leiber
Büchsenlicht

Frau Leites kocht Holunderblütensaft in leere Kornflaschen ein, und die Jugend verblüht am Glascontainer, während ein Exjunkie die Schweinestalltüren schmirgelt und der Edeka-Laster auf dem Buswendeplatz hupt. In der norddeutschen Provinz wird geliebt, geheiratet, gemordet und gestorben, und fast jeder ist schon mal über'nen Appelkorn gestolpert. Büchsenlicht klingt wie ein Kanon – ein verregnetes Lied aus dem Norden.

»Hier ist eine Sprachmusikerin am Werk.«
Andreas Nentwich, Laudatio zur Verleihung des Förderpreises des Bremer Literaturpreises

Berliner Taschenbuch Verlag
Weitere Informationen: www.berlinverlage.de

Annabel Dillig / Dirk von Gehlen (Hg.)

»*Ein Inserat im Internet, ein Anruf, ein Sitzplatz ...*«

Annabel Dillig / Dirk von Gehlen (Hg.)
Von A nach B plus X.
Geschichten von der Rückbank

Per Mitfahrzentrale zu reisen, ist die spannendste Art, von A nach B zu kommen. Der Platz ist knapp, das Budget klein, die Situation unentrinnbar. Beste Voraussetzungen für Dramen, die der Zufall schreibt: Da sind Liebesgeschichten und Freundschaftsgeschichten, Episoden von Vätern und Töchtern, von Aufbrüchen und Ausbrüchen – Geschichten von der Rückbank: Momentaufnahmen des Unterwegsseins und ein Spiegel unserer Zeit.

Mit einem Beitrag von Thomas Klupp!

Berliner Taschenbuch Verlag
Weitere Informationen: www.berlinverlage.de